Y
À présent les femmes dominent le monde

·•··

La conquête d'un idéal

Tino Palma

Avec la collaboration de Corinne Guillemont

Y
À présent les femmes dominent le monde

·•••·

La conquête d'un idéal

Roman

MARCEL BROQUET
La nouvelle édition

Catalogage avant publication de Bibliothèque et Archives
nationales du Québec et Bibliothèque et Archives Canada

Palma, Tino, 1975-

    Y : à présent les femmes dominent le monde : la conquête d'un idéal

    (Inédit)

    ISBN 978-2-923715-28-5

    I. Titre. II. Collection : Inédit (Saint-Sauveur, Québec).

PS8631.A447Y3 2010   C843'.6   C2009-942768-0

PS9605.A447Y3 2010

Pour la réalisation de son programme éditorial, l'éditeur remercie
la Société de Développement des Entreprises Culturelles (Sodec)

Marcel Broquet Éditeur
55 A, rue de l'Église, Saint-Sauveur (Québec) Canada J0R 1R0
Téléphone : 450 744-1236
marcel@marcelbroquet.com • www.marcelbroquet.com

Révision : Maryse De Meyer
Illustration de la couverture : Éric Amsellen
Mise en page : Roger Belle-Isle

Distribution :

PROLOGUE

1650, Boulevard Lionel-Bertrand
Boisbriand (Québec) Canada J7H 1N7
Téléphone : 450 434-0306
Sans frais : 1 800 363-2864
Service à la clientèle : sac@prologue.ca

Diffusion – Promotion :

Phoenix alliance

r.pipar@phoenix3alliance.com

Distribution pour l'Europe francophone :
DNM Distribution du Nouveau Monde
30, rue Gay-Lussac, 75005, Paris
Tél. : 01.42.54.50.24 • Fax :
01.43.54.39.15
Librairie du Québec
30, rue Gay-Lussac, 75005, Paris
Tél. : 01.43.54.49.02
www.librairieduquebec.fr

Dépôt légal : 2ᵉ trimestre 2010
Bibliothèque et Archives nationales du Québec
Bibliothèque et Archives nationales Canada
Bibliothèque nationale de France
© Marcel Broquet Éditeur, 2010

À tous ceux que j'aime et qui croient en moi...
sans oublier Nello et Mitchou.

Merci à Rosette Pipar pour son soutien et son
professionnalisme.

Introduction

· • • ·

Montréal !

Après cinq ans de recherches, un groupe extrémiste féminin éparpillé dans le monde entier met au point un virus mortel destiné à éliminer le genre masculin.

En effet, la femme est persuadée que, depuis l'aube des temps, l'homme est un prédateur avide de pouvoir et qu'il représente un risque pour notre planète ! Ce constat équivaut à tirer la sonnette d'alarme.

Les guerres, les attentats, les viols, la pédophilie, les armes de destruction massive, les drogues de synthèse, tout cela est amené par l'homme. Les femmes n'en veulent plus. Elles aspirent à un monde meilleur.

Note : 89 % de la violence perpétrée sur terre est due au sexe masculin.

··•●•··

« *Et les femmes domineront le monde !* »

··•●•··

C ette phrase désormais célèbre lancée à l'assemblée réunie lors de cette fameuse journée de 2008 souleva une telle vague d'enthousiasme qu'elle fit littéralement vibrer les murs de la vieille usine désaffectée de l'est de Montréal, où étaient rassemblées des milliers de femmes de tout âge et de toutes provenances. Les cris d'encouragement de la foule illuminèrent alors le visage de la jeune femme juchée sur l'estrade de fortune. D'une beauté énigmatique, d'un charisme indéniable et du haut de ses 25 ans, elle avait tout d'un leader véritable, vers qui l'on pouvait se tourner en toute confiance. Elle s'adressa à la foule en ces termes : « Si la violence est perpétrée à 89 % par des hommes, alors, nous devrons éliminer cette espèce incontrôlable. D'autant plus, chères amies, et je suis heureuse de vous l'annoncer, que nous avons trouvé le moyen pour y parvenir. Ainsi pourra enfin débuter l'ère d'une vie sans menaces ni violences inutiles, sans exploitation, l'avènement d'un monde véritablement meilleur. ». Une nouvelle salve d'applaudissements enterra durant quelques secondes les propos de la brillante jeune femme qui se nommait Johanna Pelletier. « Cinq ans de recherches nous ont permis de découvrir ceci ». Malgré le silence qui s'installa aussitôt, on sentait la fébrilité et l'excitation de l'assistance à qui Johanna montra une diapositive où apparaissait l'inscription suivante : Virus Y : destiné à purifier l'humanité de sa pire aberration : l'homme.

Elle poursuivit.

« Chères compatriotes et compagnes de lutte, nous avons enfin trouvé ce que nous cherchions. Ce virus sera destiné à éliminer l'homme et, avec lui, les horreurs perpétrées depuis des siècles. Nos tests sont concluants. Au moment où je vous parle, nous prévoyons déverser ce virus dans l'eau. Incolore et inodore, il fera son chemin à travers la planète. Nous y sommes parvenues, mes amies. Nous vaincrons ! »

Comme la Terre est recouverte d'eau à 75 %, ce plan d'une grande simplicité, mais d'une efficacité redoutable permettra l'éradication définitive du genre humain de sexe mâle. S'attaquant uniquement au chromosome Y, il n'affectera en rien les femmes.

Johanna avait conclu sa présentation sur ces paroles : « Je voudrais que vous fassiez trembler cette usine par vos applaudissements afin de souligner dignement les longues années de recherches menées par le laboratoire de notre organisation, l'ADDH (antidomination des hommes) ». Les partisanes d'alors ne se firent pas prier davantage, et les paroles prononcées à cet instant précis restèrent à jamais gravées dans les mémoires.

Organisation

Avec les années, L'ADDH qui fut d'abord un modeste regroupement, avait réussi à réunir un nombre croissant de fidèles et de militantes. C'est à Montréal qu'on a vu se développer la cellule radicale à l'origine de la véritable expansion de l'ADDH. Née du désir de voir s'arrêter les massacres et les horreurs commis par l'homme (les guerres, les viols, les armes de destruction massive, les drogues de synthèse, etc.), cette cellule menait une lutte acharnée contre l'oppression de la gent masculine. Elle s'attaquait particulièrement à son pouvoir imposé, à sa domination et aux pratiques patriarcales perverses qui cantonnaient les femmes au statut d'êtres inférieurs, dans une structure conçue par des hommes et pour des hommes. C'est pour se libérer de toutes ces souffrances imposées aux femmes qu'était née l'idée de la création d'un virus destiné à éradiquer l'homme.

Au début, plusieurs femmes s'étaient montrées assez réticentes, mais l'idée avait tranquillement fait son chemin. Et c'est ainsi que quelques années plus tard, à Montréal, ce rêve devint réalité grâce aux efforts acharnés de ce petit groupe.

Motivation

Si, au départ, le but de ces femmes radicales était de se rassembler et de discuter de la condition féminine, le milieu des années '90 a apporté une dimension entièrement nouvelle à leur réflexion. Les guerres incessantes contre un ennemi nommé terrorisme, les génocides, le développement d'armes bactériologiques et chimiques, l'esclavage des femmes et la prostitution des enfants, voilà autant d'éléments qui ont alimenté ces groupes féministes extrémistes et les ont poussé à l'action. C'est au milieu de l'année 2000 qu'une solution s'est imposée d'elle-même afin de permettre d'atteindre cet objectif ultime qu'est la création d'un monde meilleur.

La problématique fut franchement abordée pour la première fois lors d'un colloque de l'ADDH sur la place de la femme dans le monde et fut formulée d'abord sous forme de question : « Et si on éliminait les hommes de la surface de la Terre ? » Radicale au premier abord, cette idée fit néanmoins son chemin. Nulle n'avait la prétention de dire que la femme était plus vertueuse que l'homme, mais sa vision différente du monde permettrait sûrement d'éradiquer une bonne partie de toute cette violence. C'est donc simplement assises autour d'une table que quelques partisanes avaient approfondi cette proposition, laquelle, avec le temps, avait trouvé un écho favorable, non seulement dans cette cellule extrémiste de Montréal, mais dans tout le réseau de l'ADDH. Au point de devenir l'élément principal, l'outil-clé de la réalisation d'un monde meilleur.

Le virus fut enfin dévoilé en 2008, après sept ans de recherches. Inutile de rappeler qu'à cette époque, l'homme était partout, dans toutes les sphères du pouvoir, agissant comme un monarque qui refusait de partager la moindre parcelle de pouvoir avec l'autre moitié du monde, qu'il subordonnait plutôt à ses intérêts. La question s'était alors rapidement posée : comment s'y prendre pour que ces femmes puissent enfin prendre leur place, qu'elles soient considérées comme des partenaires à part entière dans le développement du genre humain ? Elles représentaient pourtant plus de la moitié de l'humanité, mais elles étaient traitées comme des êtres accessoires, bonnes uniquement à procréer. L'enfantement était d'ailleurs une des seules sphères auxquelles l'homme n'avait pas accès. On peut penser que c'est d'ailleurs ce qui a généré, au fil des siècles, sa peur des femmes et expliquerait en partie sa soif de domination dans toutes les autres sphères de l'activité humaine.

Des siècles de féminisme n'avaient pourtant apporté que des discours et quelques actions isolées, mais peu d'améliorations réelles. Il était grand temps que cela change. Les hommes ne voulant pas partager leur pouvoir ni perdre leur hégémonie. Il semblait impossible de les déloger. Que restait-il, alors, comme options à ces femmes décidées, en quête d'un monde meilleur pour leurs enfants ? Pour leurs filles ?

S'attaquer à l'origine du fléau qui avait fait mourir et souffrir tant de femmes partout sur la planète, peu importe leur langue ou leur religion, voilà une idée qui les avait charmées. Elles avaient fini par se convaincre que l'homme était dépassé, qu'il avait eu sa chance et qu'il l'avait bousillée en faisant du monde un enfer.

À l'avenir, ce serait aux femmes de prendre les choses en main. Elles prouveraient à l'humanité entière que le monde sera bien meilleur sous leur gouverne. Elles promirent donc aux femmes du monde que jamais plus elles ne souffriraient de la violence de l'homme, de viols ou de massacres, qu'ils soient inscrits dans une stratégie militaire ou liés à un simple besoin de domination ou à de bas instincts.

Évidemment, dans leur plan initial, ces pionnières avaient prévu de garder en réserve quelques mâles dont les gènes et la santé infaillibles permettraient de perpétuer la race humaine dans les meilleures conditions possibles. Ce serait leur sperme qui déterminerait leur utilité ou leur mise à mort ; les plus forts survivraient et les autres disparaîtraient. Il ne fallait pas pour autant voir dans ce geste une vengeance en réponse à ce que les hommes avaient fait subir aux femmes, mais plutôt un simple retour du balancier et une manière efficace de se protéger de leur violence constante.

48 heures de destruction

D'un commun accord avec toutes les cellules du mouvement qui s'étaient formées dans le monde au cours des dernières années, ce fut donc en 2009, l'année suivant sa découverte, que le virus fut déversé dans les aqueducs des grandes villes et dans les océans. Le succès fut total et immédiat. Un sujet mâle contaminé devenait aussitôt contagieux pour ses congénères. Une fois dans l'organisme masculin, ce virus était d'une efficacité foudroyante, à tel point qu'en 48 heures, le sujet succombait. Bientôt donc, un grand nombre d'hommes disparurent, sans douleur et très rapidement.

Toutes ces années de recherche avaient conduit à la création d'un virus hyper performant ne s'attaquant qu'aux hommes et au chromosome Y. Ce virus s'inspirait d'anciennes bombes bactériologiques, dites propres, qui laissaient toutes les autres formes de vie et les structures existantes en place parce qu'elles étaient capables d'identifier parfaitement leur cible.

Pendant les six mois qui suivirent, les plus grands États du monde se mirent en mode « alerte rouge ». Les plus grands scientifiques se penchèrent sur les cadavres qui s'accumulaient d'une manière effarante. Les cimetières étaient pleins, on ne savait plus où garder les morts. Alors on les brûlait pour éviter la propagation de maladies ou d'épidémies. Ces messieurs finirent toutefois par découvrir le virus responsable de cette hécatombe ; malheureusement pour eux, ils comprirent beaucoup trop tard la réalité et rien ne pouvait plus arrêter ses ravages. Des milliers d'hommes succombaient chaque jour, tout en contaminant des milliers d'autres mâles par simple contact.

Prise du pouvoir

Devant le succès de son projet, L'ADDH revendiqua rapidement cette action d'éclat. Mais ses militantes et ses têtes dirigeantes demeurèrent impossibles à débusquer, attendant bien sagement que le virus face son œuvre, pour ensuite simplement prendre le pouvoir.

Des millions d'adhérentes se manifestèrent alors autour du globe et Johanna Pelletier put rapidement rassembler des partisanes qui veilleraient au développement de l'organisation. Des chasses à l'homme furent même lancées par les plus extrémistes des membres de l'ADDH, lesquelles restaient cependant supervisées par Johanna. C'est ainsi qu'après quatre mois de croisades supplémentaires, il ne resta plus que trois cent mille hommes vivants à l'échelle de la planète Terre. Certains étaient sans doute naturellement immunisés contre le virus, tandis que d'autres reçurent un antidote qui avait été conçu par la gent féminine afin de pouvoir assurer le fonctionnement harmonieux de cette nouvelle société. Les mâles restants furent ensuite triés sur le volet et tous ceux de plus de 55 ans furent exterminés par intraveineuse. On transporta ceux qui restaient en Australie, qui deviendrait plus tard la zone Y, où, captifs, ils seraient évalués et joueraient exclusivement le rôle de géniteurs longtemps destiné aux femmes. Par ses actions efficaces, Johanna Pelletier assura rapidement sa place dans le nouvel ordre mondial. Elle devint la Guide suprême et pris rapidement la tête de l'ADDH, désormais devenue une organisation internationale influente et prospère à l'intérieur du gouvernement unique.

Le monde brillait enfin d'une lumière nouvelle, éclairant les vestiges de l'ancien, heureusement déchu. La plus grande réussite de l'humanité prenait son envol. Nous savons aujourd'hui que l'homme devait être éliminé, et si la nature avait déjà commencé son travail, les actions de l'ADDH avaient contribué à cet état de fait, dont chacune d'entre nous peut pleinement bénéficier aujourd'hui.

Il ne restait plus qu'à espérer que la Zone Y soit sans failles, grâce à ses nombreux systèmes de sécurité contrôlés par des femmes au gabarit imposant et bien entraînées.

Car, même si ces femmes avaient été sélectionnées pour leur force et préparées physiquement et psychologiquement pour ces nouvelles fonctions, il fallait être certain à 100 % qu'aucune d'entre elles ne fasse s'enrayer le nouveau système mis en place par l'ADDH.

···•●•···

ZONE A
l'an 2038

···•●•···

I sabelle avec un sourire satisfait, relut sa dissertation une deuxième fois avant de refermer ses livres. Elle avait de quoi être fière, non seulement de son travail, mais aussi du fait que Johanna Pelletier était sa mère. Grâce à ses efforts et à ceux des fidèles alliées qui l'avaient accompagnée dans la lutte, les femmes d'aujourd'hui avaient repris le pouvoir sur leur corps et sur leur environnement. L'oppression patriarcale et l'infantilisation de la moitié de l'humanité étaient désormais choses du passé. Toutes les femmes, d'où qu'elles soient, pouvaient dorénavant se permettre de rêver, de s'exprimer et de vivre en harmonie avec le monde extérieur.

Nous sommes en 2038 et la gent féminine contrôle totalement la planète! Cette réalité a permis d'éradiquer les guerres, elle a fait reculer la pollution et a diminué considérablement la violence. Tous les continents ont été rassemblés sous l'égide d'une seule bannière, qu'on nomme simplement «Le Monde».

Quelques remaniements territoriaux s'étaient cependant effectués lors de l'instauration du gouvernement unique. Divisée en vastes blocs homogènes, l'ancienne Europe se nommait maintenant la Zone E, les Amériques la Zone A, l'Afrique la Zone F, et ainsi de suite. L'Australie fut définie comme la Zone Y, puisqu'on y retrouvait le Centre de reproduction où vivaient les derniers hommes de l'humanité, confinés à la seule fonction de géniteurs. Une monnaie unique avait été créée pour l'ensemble du « Monde ». Nommée la GILD, elle se présentait sous forme électronique. Il s'agissait d'un système simplifié de cartes à puce. Mais le progrès ne s'arrêtait pas là. Grâce à un sens de l'aménagement urbain hors du commun, les femmes avaient considérablement modifié leur environnement au cours des trente dernières années. De nombreux moyens de transport fonctionnaient avec des énergies renouvelables comme l'électricité, le soleil ou le vent. Elles étaient aussi utilisées pour alimenter les habitations humaines et les autres bâtiments de services publics. Les paysages citadins s'étaient embellis grâce à l'aménagement de plusieurs sites verdoyants, tels des parcs, des jardins sur les toits, aux formes arrondies et aux couleurs toniques. Les ressources de la planète s'en trouvaient ainsi mieux protégées. En premier lieu, par une diminution considérable du nombre d'humains, mais aussi grâce au déplacement des populations et à l'instauration de systèmes de redistribution des richesses beaucoup plus efficace et équitable. Ces systèmes avantageaient désormais l'ensemble des territoires, ce qui prévenait ainsi la création de poches de pauvreté, comme autrefois le tiers-monde en connaissait. Cela prévenait aussi l'exclusion. La domination d'une économie sauvage, la recherche incessante de pouvoir et l'accumulation éhontée de biens aux mains de quelques privilégiés n'étaient plus des modèles de société viables. Si l'on avait diminué l'utilisation de technologies polluantes, les systèmes de communication s'étaient aussi grandement raffinés afin de préserver cette unité et cette égalité entre toutes les femmes si durement acquises. Pour les nouvelles générations qui naissaient dans ce monde où les femmes étaient épanouies, l'homme n'était plus qu'une créature vaguement monstrueuse et un rien mythologique, que les livres d'histoire tentaient d'oublier. De nombreuses filles d'aujourd'hui qui peuplaient le « Monde » ne connaissaient d'ailleurs que le genre unique.

Isabelle Pelletier était de celles-là. Âgée de 22 ans, ses rêves ne se définissaient plus en termes de prince charmant qui viendrait l'enlever sur son cheval blanc pour la sauver d'une situation périlleuse. Sa recherche du bonheur allait au-delà de cette fameuse phrase autrefois réservée aux contes de fées : « Ils vécurent heureux jusqu'à la fin des temps et eurent beaucoup d'enfants ». Tout autant passionnée que sa mère Johanna, elle était animée par une vive intelligence émotionnelle doublée d'une légère timidité. Son calme et sa détermination pouvaient surprendre, en raison de son jeune âge. Comme sa mère, elle avait tout pour briller.

Seule dans son appartement en cette journée de congé, elle s'ennuyait. Rachel, sa demi-sœur et colocataire, était partie travailler à la boutique de vêtements qui l'employait. Isabelle n'avait rien de particulier à faire, puisqu'elle avait réussi à se mettre à jour dans tous ses travaux scolaires et que son prochain cours d'anthropologie n'était que pour la semaine suivante. Elle traversa le petit salon pour se préparer un café à la cuisine. Appuyée contre le comptoir, elle fixait la cafetière lorsque ses pensées l'entraînèrent justement vers sa sœur Rachel, l'extravagante Rachel, ce qui la fit sourire. Malgré certaines similitudes, elles ne pouvaient être plus différentes l'une de l'autre. Toute deux étaient nées à Montréal par insémination artificielle à deux ans d'intervalle. Elles étaient donc sans père, comme c'était le cas pour toutes ces jeunes filles d'aujourd'hui et elles avaient été élevées par Johanna, puisque Rachel avait perdu sa mère, Nathalie, à l'âge de 14 ans d'une tumeur au cerveau. Johanna et Nathalie étaient de bonnes amies et, lorsque cette dernière mourut, elle fit promettre à Johanna de prendre soin de sa fille. Rachel fut donc chaleureusement accueillie dans la famille Pelletier. Depuis cette terrible épreuve, les deux adolescentes étaient devenues inséparables et passaient aisément pour deux sœurs.

Isabelle était plus petite que la moyenne, arborant des vêtements aux formes souvent asymétriques qui épousaient parfaitement son corps, comme c'était la mode. Rachel, quant à elle, était plutôt extravertie et plus grande. Elle avait maintenant 24 ans. Ayant l'art d'agencer tissus, formes et couleurs, elle avait un style plus attrayant, voire plus sexy et passait rarement inaperçue. Elle avait aussi toujours cette lumière coquine dans l'œil, qui laissait deviner des idées espiègles. C'était une joueuse de tours. Isabelle, de son côté, était joviale, curieuse, mais un brin réservée, ce qui tranchait beaucoup avec l'énergie et les débordements de Rachel. Si l'on voulait faire la fête, c'était plutôt à Rachel que l'on pensait. Elle sortait d'ailleurs souvent dans les bars, flirtant librement avec d'autres filles. Chez Isabelle, c'était plutôt sa beauté et son calme qui fascinaient. Et malgré son type réservé, elle avait aussi son petit côté extravagant, qui se traduisait, par exemple, par un faible avoué pour les chaussures colorées et originales.

Abandonnant à regret sa rêverie, Isabelle décida d'aller rendre visite à sa mère, qui occupait toujours le titre de Guide suprême. Elle travaillait au square Victoria, dans le Vieux-Montréal, là où était établi le quartier général des conseils mondiaux de l'ADDH. Cela faisait quelques jours qu'elles ne s'étaient pas vues et Isabelle décida de lui faire une surprise. La journée étant plutôt ensoleillée, elle choisit de faire le trajet à pied. Par ce beau temps, les rues étaient bondées de femmes qui se rendaient au travail ou qui vaquaient tranquillement à leurs occupations quotidiennes dans la bonne humeur. On pouvait lire dans leurs yeux le bien-être et la joie de vivre. En se croisant, elles se saluaient les unes les autres spontanément ou s'échangeaient des regards et des sourires complices. Isabelle était ravie de cette harmonie. Cependant, il lui arrivait de se sentir légèrement mal à l'aise lorsque l'une de ces femmes l'abordait directement pour lui demander ses coordonnées, en lui laissant entendre qu'elle aimerait bien la revoir. Comme elle était très timide, elle prétextait souvent être déjà en couple, même si ce n'était pas le cas. Lorsqu'elle arriva devant le grand immeuble du square Victoria, elle salua les deux gardiennes, qui la laissèrent passer avec un large sourire. Tout le monde connaissait Isabelle, la fille de Johanna. Et lorsqu'elle se présenta à l'accueil, Sandra, la préposée, engagea spontanément la conversation.

— Bonjour Isabelle! Tu sembles en grande forme! Viens-tu voir ta mère?

— Oui, je pensais lui faire une petite surprise. Est-elle dans son bureau?

— Elle devrait s'y trouver, puisque je ne l'ai pas vue en ressortir depuis son arrivée.

— Sandra lui indiqua les ascenseurs tout en surveillant ses écrans.

— Tu peux y aller.

— Merci et bonne journée!

Isabelle pénétra dans l'ascenseur vide, où elle pouvait voir son reflet sous tous les angles possibles et imaginables. Elle regardait les chiffres des étages s'allumer en alternance au fur et à mesure qu'elle montait : 5… 6… 7… 8. Un tintement sonore se fit entendre et les portes s'ouvrirent sur un couloir vitré où l'on apercevait la ville, sertie de nombreux espaces verts. Avec ce soleil et ce ciel azur, la vue était carrément imprenable. Isabelle avança machinalement vers les premières portes vitrées, qui s'ouvrirent automatiquement. Elle saluait les femmes qu'elle rencontra sur son passage, où alternaient différents départements, dotés de bureaux et de salles de conférence. Il semblait régner ce jour-là une certaine fébrilité à l'ADDH. Au bout d'un large couloir, elle reconnut enfin les portes ouvragées du bureau de sa mère. Une secrétaire à l'air sévère trônait devant, apparemment plongée dans son travail. Mais avant même qu'Isabelle puisse franchir le petit hall, une voix retentit derrière elle :

— Salut chérie… tu es bien matinale !

Une silhouette de taille moyenne s'approcha. Sa tenue blanche contrastait avec ses cheveux de couleur ébène et soulignait bien les courbes pleines de cette femme de 58 ans qui s'approchait. Elle embrassa chaleureusement Isabelle.

— Bonjour Thalia, je passais voir maman.

— Désolée ma grande, mais elle a une réunion de la plus haute importance ce matin.

— Ah oui ?

— Je suis d'ailleurs en retard ; mais si tu veux, tu peux l'attendre dans mon bureau ou à la cafétéria.

— Je vais plutôt aller boire un café en bas, décida Isabelle.

Thalia lui serra affectueusement le bras.

— Parfait, je vais dire à Johanna que tu es là.

« Pas de chance ! » se dit la jeune fille, vaguement déçue. Les surprises ne fonctionnaient pas toujours, apparemment ! Elle regarda Thalia passer les lourdes portes, puis disparaître. Elle rebroussa chemin à son tour et reprit l'ascenseur en direction de la cafétéria. Thalia était, encore aujourd'hui, la plus fidèle complice de Johanna. Elles avaient conçu la Zone Y ensemble et bien souvent, lorsque sa mère devait s'absenter pour le travail, c'était elle qui prenait la relève à la maison. Thalia avait ainsi participé activement à l'éducation d'Isabelle dans sa jeunesse et cette dernière la considérait comme sa deuxième mère.

Attablée devant son deuxième café de la journée, Isabelle intercepta tout à coup malgré elle une conversation qui se déroulait non loin. Deux femmes d'une quarantaine d'années discutaient presque banalement d'événements qui en auraient surpris plus d'une. Le sujet retint l'attention de la jeune femme, qui était, il faut le dire, de nature fort curieuse.

– Tu imagines ? Elles ont enfin fini par trouver comment fabriquer le sperme de synthèse, dit la première.

– Oui, c'est ce que j'ai entendu dire ce matin, confirma sa compagne.

– Je crois que c'est pour ça que Johanna a convoqué une réunion extraordinaire du conseil d'administration. J'imagine qu'elles vont décider quand se fera l'extermination définitive des hommes de la Zone Y.

La deuxième femme arborait une mine satisfaite.

– Eh! bien, depuis le temps qu'on travaille là-dessus! Avec le sperme de synthèse, je ne vois plus vraiment l'utilité de l'homme. On peut voir ça comme un moyen préventif, non ?

Sa compagne semblait étonnée.

– Préventif? Que veux-tu dire ?

– Penses-y bien : de cette manière, nous sommes certaines que l'homme ne pourra plus revenir et faire en sorte que l'histoire se répète, n'est-ce pas ?

– C'est vrai, mais n'est-ce pas un peu dommage pour les enfants? Enfin, j'imagine que le chemin vers la réussite, c'est d'être capable de sacrifier ce qui doit l'être.

La seconde femme opina.

– Oui, c'est vrai. Et puis, regarde comme le monde s'est assaini depuis 30 ans ; ça a valu le coup! Je peux même me promener à trois heures du matin dans les rues de la ville l'esprit tranquille, ce qui n'était pas le cas autrefois, si tu te souviens bien!

La première femme regarda sa montre.

— Je vais être en retard à ma réunion. On se voit plus tard?

— Oui, je me sauve moi aussi, car j'ai une tonne de corrections à faire pour demain; à tantôt!

Elles se saluèrent avant de se diriger chacune dans une direction opposée. Étonnée par ce qu'elle venait d'entendre, Isabelle regardait pensivement le fond de sa tasse. Réalisant tout à coup que sa mère risquait d'être occupée pour une bonne partie de la journée, elle se leva et décida d'aller plutôt faire un tour en ville. En repassant devant l'accueil, elle interpella Sandra:

— Tu veux bien faire un message à ma mère?

— Bien sûr Isabelle.

— Dis-lui simplement que je suis partie en ville et que je repasserai chez elle ce soir. Merci!

Sandra opina et lui fit un signe amical de la main.

— Bonne promenade mam'zelle!

La jeune fille salua et quitta l'immeuble, perdue dans ses pensées.

·· • ··

Pendant ce temps, dans le bureau de Johanna, les discussions allaient bon train. Assises en cercle autour d'une table de conférence, les participantes débattaient de l'utilité de l'homme, maintenant que le sperme de synthèse avait été découvert. Lorsque Johanna prit la parole, on pouvait déceler une légère note d'impatience dans sa voix habituellement si posée devant tant d'hésitation:

Au terme de cette discussion, je vois bien que certaines d'entre vous hésitent encore. Les conseils mondiaux des différentes Zones ont été informés de la découverte. Ils attendent notre décision afin de divulguer la nouvelle dans leurs organisations respectives. Soyez assurées que cette extermination a été mûrement réfléchie et que c'est dans l'optique du bien commun qu'elle est abordée aujourd'hui.

Un silence s'installa avant que Thalia n'intervienne doucement :

— Johanna, jamais tu ne nous as déçues et nous sommes à tes côtés. Nous te supporterons dans ta décision, tu peux compter là-dessus. Toutefois, je crois, comme certaines de mes collègues, qu'il va nous falloir être fort convaincantes pour obtenir la majorité lors de l'assemblée spéciale des représentantes des conseils mondiaux de l'ADDH qui se tiendra demain.

Plusieurs femmes hochèrent la tête en signe d'approbation. Johanna reprit plus calmement :

— Vous avez raison, mais maintenant que nous avons la technologie qui nous permet de passer à la dernière phase du projet, je crois qu'on pourra y arriver facilement. Nous travaillons depuis tellement longtemps à cette extermination ! Ces résultats attendus depuis 30 ans sont concluants et nous donnent raison quant aux choix que nous avons faits. Oui, il peut arriver que certaines formes de violence soient déclenchées par quelques femmes à travers le monde, mais quels sont les pourcentages en comparaison de l'ère primate que nous avons vécue et subie, pour la plupart d'entre nous ? Soyez rassurées, je travaillerai personnellement à apporter des arguments visuels pour convaincre l'assemblée. Toutes vos idées sont également les bienvenues.

Les femmes membres du conseil d'administration semblèrent satisfaites. Johanna poursuivit :

— Maintenant, je voulais vous dire que j'ai rejoint Lucy, la directrice en chef de la Zone Y. Elle m'a affirmé qu'elle et son équipe étaient prêtes pour l'exécution des derniers hommes. Elles n'attendent que la confirmation officielle.

Une femme parla :

— S'il n'y a pas d'autres questions, je demande le vote.

Sa voisine leva la main :

— J'appuie la motion.

La présidente du conseil enchaîna :

— Mesdames, quelles sont celles d'entre vous qui sont pour…

Toutes les femmes levèrent la main, sans hésitation. À Montréal, le quartier général des conseils mondiaux venait d'entériner la décision d'exterminer les derniers hommes sur Terre. Il ne restait plus qu'à obtenir le consensus officiel des autres cellules mondiales de l'ADDH pour que cette importante décision puisse enfin se voir concrétiser. Pour clore la séance, Johanna se leva :

— Mesdames, à nous de jouer ! Faisons en sorte que la recherche du sperme adéquat nous permette de nous passer à tout jamais des hommes. Merci à toutes de votre confiance.

— La séance fut donc levée et les participantes quittèrent la pièce, laissant Johanna et Thalia seules. En regardant sa vieille complice, Thalia lui sourit tristement.

— Et dire qu'il a fallu en arriver là pour préserver notre planète !

Johanna la regarda, un peu étonnée.

– Je sais que nous avons fait le bon choix…

Thalia s'approcha de Johanna et lui mit une main sur l'épaule.

– Nous sommes arrivées au bout d'un long mais néanmoins bénéfique parcours et c'est une grande décision qui vient d'être prise. Tu sais que tu peux compter sur mon soutien.

– Comme toujours ; merci Thalia.

– Au fait, ta fille est venue plus tôt, elle doit t'attendre à la cafétéria.

– La pauvre, elle a dû patienter longtemps…

Au même moment, le téléphone sonna. Johanna s'avança vers son bureau et appuya sur le bouton mains libres de l'appareil pour répondre. La voix de Sandra retentit dans la pièce. Elle lui annonça que sa fille lui avait laissé un message, avant de repartir vers le centre-ville. Isabelle passerait plutôt chez elle en fin de soirée. Johanna la remercia et raccrocha. Elle invita Thalia à s'asseoir avec elle dans son bureau afin de réfléchir à la stratégie à adopter pour l'assemblée spéciale des représentantes, le lendemain.

·· • ··

En 2038, la plupart des jeunes filles n'avaient jamais vu un homme en chair et en os. Les seules images existantes les dépeignaient comme des êtres violents, n'engendrant que chaos et destruction. Elles avaient été éduquées dans un monde devenu presque parfait depuis que les femmes le dirigeaient. Si une part de haine avait pu habiter le cœur de certaines femmes qui avaient connu la gent masculine, celles-ci étaient aujourd'hui vieillissantes. La nouvelle génération ne voyait en l'homme qu'un parasite nécessaire servant à la survie de la race. L'homme était perçu comme un sujet sans intérêt et la plupart des femmes se préoccupaient peu de son sort. Une indifférence générale semblait avoir gagné le cœur des femmes du monde entier.

Dans la Zone Y, survivaient cent vingt mille hommes regroupés, répertoriés et triés sur le volet pour leur condition générale aussi parfaite que possible. Tous les hommes atteignant 55 ans étaient éliminés. Servant de réservoir mondial de fécondation, les hommes étaient confinés et contrôlés sur un territoire autrefois nommé Australie. Hautement sécurisées, les installations de l'ADDH étaient gardées par cent quatre vingt mille femmes entraînées, armées et prêtes à intervenir au moindre incident. Aucune décision n'avait été prise à la légère et rien n'avait été laissé au hasard. Des tours de contrôle avaient été érigées partout sur le territoire, des hélicoptères stationnés aux abords de l'ancien continent et prêts à décoller en cas d'évasion et des systèmes de sécurité performants assuraient un contrôle continu 24 heures durant. C'est aussi dans la Zone Y que l'on retrouvait la banque de sperme qui fournissait tous les hôpitaux du monde. Une femme désirant un enfant n'avait qu'à se présenter dans un établissement hospitalier pour se faire inséminer artificiellement. Évidemment, un contrôle strict des naissances était en vigueur. Les spermatozoïdes étaient examinés pour ne donner naissance qu'à des filles et il était extrêmement rare qu'une femme puisse porter un garçon. Cela était toutefois nécessaire pour assurer un certain équilibre et une qualité de la relève des géniteurs de la Zone Y. Néanmoins, le processus était ardu. La femme enceinte d'un garçon devait alors se soumettre à une batterie de tests et subir plusieurs examens afin de s'assurer de la bonne constitution du jeune mâle reproducteur en devenir qu'elles portaient. De plus, la mère devait se séparer du bébé dès la naissance. Il arrivait que ces femmes porteuses volontaires subissent de la discrimination pendant leur grossesse ; c'est pourquoi on leur suggérait d'être le plus discrètes possible.

La découverte du sperme de synthèse venait simplifier tout le processus de reproduction. Les habitantes de la Zone Y pourraient désormais vivre en paix sans cette menace constante d'une évasion et se libérer des dernières armes et autres systèmes de sécurité qui rendaient la zone à risque. Les installations serviraient uniquement à la production du sperme de synthèse et les femmes du monde entier n'auraient plus à subir de grossesses clandestines pour donner naissance à des enfants mâles.

·· • • ··

Isabelle avait erré une bonne partie de la journée. Elle s'était arrêtée pour manger à une terrasse et était ensuite revenue à l'appartement. Elle avait hâte que Rachel rentre du travail pour pouvoir lui parler de sa découverte de la journée. Assise devant le vieil écran plat de sa télévision, elle paressait, comme cela lui arrivait rarement. L'environnement spacieux du salon était fort agréable, Rachel et elle l'ayant décoré ensemble lorsqu'elles étaient devenues colocataires, voilà presque quatre ans. Situé dans l'est de Montréal, leur espace commun était facile d'accès et près de toutes les commodités : transports, parcs, marchés et autres. Dès qu'Isabelle entendit la clé tourner dans la serrure, elle se leva d'un bond. Surprise de son accueil, Rachel la regarda, amusée.

– À ce que je vois, tu m'attendais ! lui dit-elle, un sourire dans la voix.

– Tu ne devineras jamais !

– Laisse-moi d'abord arriver et ensuite, je serai tout oreilles.

– Tu ne vas pas me croire…

Rachel laissa tomber ses sacs dans le salon et se dirigea vers la cuisine. En ouvrant le frigo, elle hésita, avant d'opter pour un soda. Isabelle, qui l'avait suivie, s'assit à l'îlot central et attendit patiemment. Rachel prit une gorgée, et satisfaite, la déposa sur le comptoir. En se retournant, elle s'adressa à Isabelle, qui trépignait d'impatience sur sa chaise.

– Tu t'es enfin décidée à sortir avec une belle ténébreuse?

– Rachel! Tu ne penses qu'à ça! lui lança sa colocataire, avec un reproche amusé dans la voix.

– D'accord, vas-y ma belle, je t'écoute!

Excitée, Isabelle entreprit de raconter son aventure.

– Ce matin, je suis allée voir ma mère et j'ai intercepté une conversation entre deux femmes que je ne connais pas.

Rachel leva un sourcil, connaissant la curiosité de sa demi-sœur, qui poursuivit sans rien remarquer.

– …Et je les ai entendues dire que tous les hommes de la Zone Y pourraient être exterminés sous peu…

Devant le silence étonné de Rachel, elle poursuivit son explication avec détermination.

– Elles disaient qu'on avait trouvé le moyen de fabriquer du sperme de synthèse, ce qui signifie que l'on n'aurait plus besoin des hommes pour assurer l'avenir de l'espèce. Tu te rends compte?

Rachel était effectivement médusée.

– Quoi? les hommes disparaîtraient? C'est, à mon avis, la meilleure chose qui puisse nous arriver, tu ne crois pas? Surtout que du sperme de synthèse, c'est cool, quand même…

Elles se regardèrent. Isabelle hésita un peu avant de reprendre le fil de son discours.

– Euh, oui, bien sûr, c'est cool, comme tu dis… Mais je n'aurais jamais imaginé qu'on en viendrait là, pas toi ?

– Rachel haussa les épaules, apparemment peu impressionnée par cette réflexion.

– Bof, pour ce que les mâles représentent à mes yeux ; tu sais aussi bien que moi que tant qu'ils restent en vie, la Zone Y demeure le secteur le plus risqué de la planète.

– C'est vrai… tu as raison, concéda Isabelle.

Elle était un peu déçue que son amie ne partage pas son intérêt marqué pour le sort des hommes ni sa curiosité dévorante. Devant le peu d'enthousiasme de Rachel, elle abdiqua.

– Bon, je te laisse. Je vais me préparer.

– Tu sors encore ?

– Oui, j'ai dit à maman que je passerais la voir en fin de soirée.

– Tu l'embrasseras pour moi, d'accord ?

– Rachel se dirigea ensuite vers le frigo pour y prendre du chocolat, ce qui eut l'heur de faire bondir Isabelle.

– Hé ! c'est MON chocolat !

Souriante, Rachel mordit dans la tablette effrontément en faisant un clin d'oeil à son amie :

– Plus maintenant, apparemment !

•• • ••

Johanna et Thalia marchaient côte à côte d'un pas vif au 12e étage du Conseil mondial de l'ADDH. Tout en parlant, elles traversèrent les nombreuses salles de l'archivage, puis les voûtes, avant de déboucher sur un large couloir dégagé. On y avait disposé des sièges ici et là et un épais tapis aux couleurs vives étouffait leurs pas. Dans ces salles se trouvaient les précieuses archives de l'ADDH, gardées sous haute surveillance. On y avait entreposé des documents qui se présentaient sur une multitude de supports différents dans des locaux à atmosphère contrôlée, où les conditions ambiantes les protégeaient du vol, du feu, de l'eau et de l'usure temps. Les néons, qui diffusaient un éclairage comparable à celui de la lumière du jour, rendaient l'ambiance claire et agréable. Des salles de lecture et de visionnement avaient aussi été aménagées pour favoriser la consultation de cette mine de documents de référence. On y retrouvait même une petite alcôve vitrée où l'on pouvait prendre une pause. Quelques femmes y étaient d'ailleurs installées et discutaient autour d'un café. L'une d'elles s'adressa à sa voisine d'en face.

– Quand je pense que durant plus de trois mille ans ces barbares ont mis le monde à feu et à sang et qu'ils vont bientôt tous disparaître !

Son interlocutrice renchérit.

– C'est quand même la meilleure chose à faire… Sans compter que, pour moi, ce serait le plus beau cadeau de mariage que l'on puisse me faire.

– C'est vrai ! j'avais oublié que tu te maries, s'exclama sa copine en se touchant le front. Excuse-moi. Avec tout ce qui se passe, j'en perds des morceaux parfois.

La jeune femme sourit avec chaleur.

– Pas de problème ! Ça m'arrive moi-même de l'oublier !

Toutes deux éclatèrent de rire.

• • • •

Il restait peu de temps avant la tenue de l'assemblée spéciale des représentantes de l'ADDH, alors Johanna et Thalia devaient faire vite. Devant une grande porte coupe-feu, on pouvait lire : « Recherche et développement Zone A : Accès limité ». Johanna sortit une carte magnétique.

— Il ne nous reste plus qu'à obtenir ces dossiers pour convaincre l'assemblée ; la dernière étape pourra ensuite enfin s'enclencher.

— Attends !

Johanna suspendit son geste et lança un regard interrogateur à Thalia, qui lui montra une plaque sur la gauche de la porte.

— J'ai fait changer le système de sécurité. Ce système est plus sûr que la puce, parce qu'il lit les empreintes optiques.

Johanna paraissait contrariée.

— Quand comptais-tu m'en parler ? C'est le genre de changements à propos desquels j'aimerais être avisée avant plutôt qu'après, d'accord ?

Thalia baissa les yeux avec humilité.

— Désolée, Johanna, avec tous les bouleversements des derniers jours, j'ai complètement oublié de t'en aviser. Pardonne-moi, cela ne se reproduira plus.

Johanna approcha son visage du cadran optique ; une lumière verte le quadrilla immédiatement, puis une voix humaine féminine s'éleva : « Identification confirmée, Bienvenue au RD Zone A, Johanna. » Un bip sonore se fit ensuite entendre, puis la lourde porte s'ouvrit doucement. Les lumières s'allumèrent presque simultanément. Près de l'entrée, un ordinateur s'activa et un hologramme leur apparut. « Bonjour, je m'appelle Amélie, comment puis-je vous aider ? »

– Nous cherchons les documents audiovisuels se référant
à la fin des années 90 et au début des années 2000.

Quelques secondes passèrent. «Vous les trouverez dans la section
C, rangée 28, pour les années 90, et dans la rangée 29, pour les
années 2000. N'hésitez pas à faire appel à moi si vous cherchez
quelque chose de précis. »

– Merci Amélie. Vous pouvez disposer, conclut Johanna.

L'hologramme s'effaça. Les deux femmes se dirigèrent vers les
sections indiquées.

– Que cherchons-nous, Johanna? lui demanda Thalia.

– Les affaires judiciaires violentes, les guerres, génocides,
armes de destruction massive…

– Thalia saisit tout de suite le but recherché par sa
patronne.

– Cela fera certainement son effet devant l'assemblée!

– C'est effectivement ce que je souhaite, Thalia. Je me suis
battue toute ma vie pour que ce jour arrive enfin. Pense
à toutes les énergies que nous avons investies dans cette
quête! Nous arrivons enfin au dénouement.

Les deux femmes se séparèrent et commencèrent à chercher les
documents en question qui leur permettraient de monter une
preuve accablante contre les hommes et le danger qu'ils représentent
pour la société entièrement féminine nouvellement instaurée. Une
heure plus tard, toutes deux avaient non seulement déniché des
images, mais aussi d'anciens dossiers très convaincants. Thalia
feuilletait un épais manuscrit.

– Johanna ne cherche plus, j'ai ici des rapports dénonçant
toutes les horreurs que les hommes ont fait subir à la planète
de 1980 à 2000. Ça devrait être assez convaincant.

S'immobilisant, Johanna vint rejoindre son irremplaçable bras droit. Elle se pencha à son tour sur le document pour le parcourir. Satisfaite, elle fit un signe de tête approbateur.

> — Beau boulot! Sortons d'ici maintenant, et allons mettre de l'ordre dans nos découvertes.

·· ● ● ·

Le lendemain matin, tout était fin prêt pour accueillir l'assemblée spéciale dans la salle de conférence du bureau de Johanna. Le lieu avait été adapté pour recevoir les représentantes de chacune des cellules mondiales de l'ADDH. Comme il s'agissait d'une réunion de dernière minute, plusieurs d'entres elles n'avaient pu se déplacer et on avait installé des écrans mobiles leur permettant de suivre les conversations tout en voyant ce qui se passait dans la salle. Une certaine nervosité régnait autour de la table. Les douze représentantes, toutes d'âge mûr, avaient participé directement à l'extinction de la race mâle trente années plus tôt. Si le sujet de l'extermination totale avait déjà été abordé auparavant, la question était cependant demeurée hypothétique jusqu'à ce jour. Maintenant, l'enjeu était bien réel. Toutes voulaient se rassurer sur le bien-fondé de cette décision avant la mise en route du processus irréversible. Johanna était accompagnée de sa fidèle amie Thalia. Les onze femmes du conseil regardaient maintenant la patronne avec attention.

> — Merci de votre présence à cette assemblée spéciale concernant l'élimination permanente du genre masculin. Nous voici donc réunies afin de trancher sur cet épineux sujet.

Une femme aux allures asiatiques s'adressa à l'assemblée. Il s'agissait de Lucy, directrice en chef de la Zone Y.

– Mes amies, nous avons aujourd'hui découvert le moyen de nous reproduire sans les hommes. Grâce à la science, le rôle du mâle n'est plus requis à l'heure actuelle. Nos expériences depuis trente ans démontrent que les enfants nés artificiellement avec le sperme de synthèse sont biologiquement stables, voire même en meilleure santé que ceux conçus avec du sperme naturel.

Une femme avec un accent italien intervint.

– Vous confirmez donc que le tout est parfaitement viable et sans danger pour notre reproduction ?

– Oui, tout à fait.

Un murmure d'approbation monta dans la salle. Brusquement, une femme à la peau d'ébène éleva la voix, faisant du coup taire toutes les autres.

– D'accord, on a un moyen des les remplacer, mais nous devons quand même être prudentes. Il est hors de question de ternir l'image de l'ADDH et nous devons rester irréprochables aux yeux du monde.

Un autre murmure d'approbation monta dans la salle et Johanna intervint pour faire taire les participantes.

– Mesdames, mesdames, je vous en prie ! Nous vous avons préparé l'ébauche d'un documentaire qui nous aidera à maintenir notre image. Thalia, nous t'écoutons…

Cette dernière prit la parole avec assurance.

– Je tiens à vous rappeler que les images que vous verrez peuvent être choquantes et je suis convaincue que jamais nous ne pourrions atteindre le degré de dépravation et de perfidie auquel l'homme est parvenu au fil des siècles. Je peux vous assurer que ce document-choc vous dissuadera même de laisser la vie sauve à un seul d'entre eux.

La femme à la peau d'ébène répliqua :

— Vous ne croyez pas que vous exagérez un peu, Thalia ? Nous avons toutes connu par le passé des hommes qui étaient quand même décents et honnêtes.

D'autres l'imitèrent en exprimant leurs réserves.

— Les hommes ont fait des choses horribles, mais quand même, pas tous…

— C'est vrai. Pour ma part, j'hésite encore un peu.

— Je ne sais pas si nous devons vraiment nous rendre jusque-là…

Johanna se sentit légèrement contrariée de ces remarques et voulut mettre fin aux protestations.

— Thalia, continue s'il-te-plaît…

— Chères membres de l'assemblée, avec votre accord, j'aimerais vous faire visionner le documentaire en question. Nous pourrons discuter après.

Toutes les femmes présentes acceptèrent la proposition. Lorsque les lumières se tamisèrent, que l'écran s'anima et que les premières images apparurent, un silence de mort emplit la pièce. Parfois, on entendait des cris d'indignation étouffés ; à d'autres moments, des exclamations de dégoût pointaient, que les participantes n'essayaient pas de réprimer. Les images avaient été soigneusement choisies pour produire l'effet recherché et même si le son était parfois mauvais, on ne pouvait douter de la souffrance qu'on lisait sur les visages des femmes présentées et de la brutalité pratiquée sur les corps maltraités. À la fin du documentaire, Johanna reprit la parole d'une voix infiniment plus douce.

— Mes amies, peut-être que depuis 30 ans vous avez oublié les aberrations qui ont été perpétrées contre nous, et peut-être que ces images vous rappellent, si besoin était, à quel point nous vivons maintenant dans un monde de paix. Et c'est dans l'optique de préserver nos acquis que je fais appel à vous aujourd'hui. Depuis la nuit des temps, nous savons que l'homme est un être violent, animé par de bas instincts et qu'il représente une menace pour le genre humain lui-même.

Plusieurs visages s'étaient durcis pendant le visionnement. On décelait même chez certaines une tristesse profonde, qu'elles avaient essayé d'oublier. Johanna poursuivit.

— Je crois vraiment que c'est la meilleure solution afin de protéger ce que nous avons construit ensemble : un monde sans guerre, en harmonie avec son environnement. Parfois, il faut se rappeler que l'accomplissement de grandes choses exige des sacrifices tout aussi importants. Vos visages m'indiquent que vous êtes bouleversées, et je vous comprends. Je crois qu'il serait de mise de faire une minute de silence en mémoire de toutes ces femmes qui ont souffert et qui n'ont pas connu le monde tel qu'il est aujourd'hui.

Toutes baissèrent la tête et fermèrent les yeux pour mieux se recueillir. Assise à côté de Johanna, Thalia lui serra discrètement la main, impressionnée par ses propos et leur justesse. Une légère caresse lui répondit, ce qui fit rougir Thalia.

Passé la minute de silence, Lucy, de la Zone Y, reprit la parole.

— Tu as mon appui plein et entier Johanna et je tiens à préciser aux autres membres de l'assemblée que nos équipes dans la Zone Y m'ont assurée qu'elles seront prêtes à faire le nécessaire pour que la décision qui sera prise ici soit respectée.

La doyenne de l'assemblée s'adressa aussi à Johanna.

— Est-ce qu'un plan a été développé pour les médias ?

La femme à la peau d'ébène renchérit.

> — Comme j'ai soulevé la question tout à l'heure, l'ADDH
> doit rester sans taches, avec une réputation au-dessus de
> tout soupçon.

Johanna avait préparé sa réponse.

> — Si nous décidons de passer à l'action, vous conviendrez
> avec moi que la diffusion du documentaire que nous
> venons de vous présenter rendra certainement l'annonce
> de notre décision plus facile à comprendre pour l'ensemble
> des médias.

Toutes semblèrent satisfaites de ce plan et le vote fut pris, avec acceptation du plan d'action à l'unanimité. À la fin du mois, l'homme ne serait plus qu'un mauvais souvenir pour les habitantes du Nouveau Monde quasi parfait. Des applaudissements retentirent dans la salle et la séance fut levée sur une assemblée des représentantes confiantes et décidées. Chacune devait maintenant retourner dans son organisation respective pour annoncer la nouvelle et se préparer à la dernière étape du projet Y, c'est-à-dire l'extermination définitive des hommes.

·· • • ··

Deux jours plus tard, Johanna et Isabelle avaient planifié une sortie mère-fille dans les boutiques de la rue Saint-Denis. Ce samedi-là était ensoleillé et la rue bondée de femmes souriantes. C'était un moment idéal pour une promenade, sans oublier une séance de lèche-vitrine en règle. Toutes deux marchaient sur les trottoirs animés où plusieurs femmes déambulaient en se tenant par la taille ; certaines flânaient en groupes, d'autres étaient seules, d'autres encore s'embrassaient ou riaient. La rue était remplie d'une ambiance légère, bon enfant, agréable. Isabelle prit le bras de sa mère en marchant.

— Merci de m'accompagner, maman !

Johanna lui sourit avec chaleur.

— Ça me fait vraiment plaisir ma chérie, j'avais besoin de me changer les idées.

Johanna embrassa sa fille sur la tempe, heureuse de partager ce moment d'intimité avec elle. Tout à coup, Isabelle s'arrêta devant une splendide vitrine. En admiration devant une paire de chaussures colorées, elle interpella sa mère.

— Tu as vu comme elles sont belles ?

— C'est vrai qu'elles sont mignonnes. Si tu les essayais ?

— Tu veux bien ? Merci !

Excitée, Isabelle ouvrit la porte de la boutique, suivie par Johanna, amusée et complice. Une vendeuse empressée les accueillit d'une voix claire.

— Bonjour ! Je peux vous aider ?

— On aimerait voir les chaussures de la vitrine, celles juste en dessous de la robe violette, répondit Johanna. C'est pour ma fille.

La vendeuse était charmante.

— Oui, je vois, quelle pointure vous conviendrait, mademoiselle ?

— 7 ou 7½ s'il-vous-plaît, répondit gaiement Isabelle.

— Je vous en prie, prenez place. Je vous fais apporter du café ?

Mère et fille répondirent avec une belle cohésion.

— Volontiers !

Elles prirent place sur de luxueuses et confortables causeuses d'un rouge intense. Une dame vint aussitôt leur porter du café, de l'eau et quelques biscuits.

— Dis maman, il y a quelque chose qui me tracasse depuis hier. Quand je suis venue te voir, j'ai surpris une conversation entre deux employées à la cafétéria.

— Ah oui ? fit Johanna, un petit sourire dans la voix, et qu'est-ce qu'elles disaient ?

Elles semblaient parler de l'extermination des hommes dans la Zone Y.

— Nous envisageons en effet de…

Elle s'arrêta sur sa lancée, car la vendeuse revenait avec les boîtes de carton rigides contenant les chaussures. Elle en prit une et l'ouvrit.

— C'est bien celle-ci ? demanda-t-elle. Isabelle fit oui de la tête. Je vous ai pris une pointure au-dessus et une en-dessous, juste au cas. Je vous en prie, commençons par essayer celles-ci.

La dame lui tendit la chaussure droite et l'aida à l'enfiler.

— Comment vous sentez-vous ? Confortable ? Pas trop à l'étroit ?

Isabelle était ravie.

— C'est parfait ! Pourrais-je essayer l'autre, s'il-vous-plaît ?

Bien sûr, laissez-moi vous aider.

Une fois chaussée, Isabelle se leva, fit quelques pas et admira ses pieds devant le miroir en face d'elle, une petite étincelle de plaisir dans les yeux. Elle se tourna vers sa mère.

— J'en raffole, elles sont magnifiques.

Johanna approuva.

— Elles te vont à ravir, ma chérie.

— Je les prends!

La vendeuse aida Isabelle à se déchausser, puis lui indiqua la caisse.

— Parfait mesdames, je vais les mettre au comptoir pour vous et vous pourrez passer les prendre quand vous serez prêtes…

Quelques instants plus tard, les deux femmes se retrouvèrent sur le trottoir face au magasin, Isabelle balançant avec amusement au bout de son bras le sac en tissu contenant sa nouvelle acquisition.

— Merci beaucoup maman.

— Ça me fait grand plaisir, Isabelle. De quoi aurais-tu envie maintenant?

Isabelle n'hésita pas une seconde.

— J'aimerais qu'on reprenne notre conversation sur l'extinction des hommes dans la Zone Y.

Johanna lui effleura le visage d'une caresse.

— Toujours aussi tenace et curieuse, à ce que je vois.

— Sa fille lui répliqua du tac au tac.

— Apparemment, je tiens cela de toi, maman.

Johanna prit la main de sa fille dans la sienne et lui proposa :

— Marchons un peu.

Elles se mirent à cheminer, d'abord en silence, puis Johanna commença à parler doucement.

– Tu sais que l'homme a semé la destruction sur notre planète et qu'il est le principal responsable de la violence qui régnait sur Terre pendant des siècles et des siècles. Cela n'a pas été facile pour les conseils mondiaux de prendre cette décision.

La jeune fille était pensive.

– J'imagine… Quand cela doit-il se faire?

– À la fin du mois.

Isabelle sursauta.

– Si tôt? C'est dans deux semaines à peine.

– Il n'y a jamais de moment parfait, ma chérie, fit valoir Johanna.

– Ce qui m'inquiète maman, c'est la reproduction. Imagine que le sperme de synthèse ait une durée de vie limitée. Que ferions-nous, alors?

Lorsqu'elle tourna son visage vers sa mère, Isabelle remarqua son air surpris.

– Eh bien! Ma fille, tu sembles au courant de bien des choses!

Souriant timidement, Isabelle lui répondit:

– Comme tu dis si bien maman, je suis curieuse…

Johanna passa un bras autour des épaules de sa fille.

– Ça fait plus de tente ans que nos équipes de recherche testent ce sperme de synthèse. Je peux t'assurer qu'il n'y a aucun souci à se faire; ne te tracasse pas avec ça.

Un long silence s'installa, car toutes deux étaient perdues dans leurs pensées. C'est alors qu'Isabelle aperçut une sympathique crémerie de l'autre côté de la rue et invita sa mère à l'accompagner. Le reste de la journée se passa tranquillement. Un peu lasse de parcourir les boutiques, Isabelle retourna à son appartement en début de soirée. De son côté, Johanna devait retourner travailler à l'ADDH en cours de soirée.

Lorsqu'Isabelle franchit la porte d'entrée, une délicieuse odeur effleura ses narines. Absorbée par ses préparations, Rachel se tenait au-dessus du fourneau, apparemment satisfaite de ses créations culinaires.

— Ah!… je suis contente de te voir Isabelle. Je me doutais bien que tu reviendrais pour le souper. Puis, elle avisa le paquet de son amie.

— Je vois que tu as adopté une nouvelle paire de chaussures?

Isabelle fit un signe de tête positif.

— Tu veux les voir?

— Avec plaisir, laisse-moi juste vérifier ma cuisson et je suis à toi…

Isabelle s'assit en déballant son paquet.

— Ça sent bon!

Rachel lui sourit de nouveau.

— Je savais que ça te plairait! Nous fêtons une occasion spéciale.

Tout en essayant ses nouvelles chaussures, Isabelle releva la tête vers sa colocataire.

— Ah oui? Laquelle?

— Ben voyons, tu le sais!

Isabelle se redressa subitement, légèrement inquiète et cherchant ce qu'elle avait pu oublier comme anniversaire ou événement remarquable; mais rien ne lui venait à l'esprit. Rachel insista.

— Tu m'en as parlé toi-même hier soir.

Isabelle poussa un petit soupir de soulagement, heureuse de n'avoir rien oublié d'essentiel.

— Tu veux parler du génocide des hommes?

— Génocide! Tu n'y vas pas un peu fort?

Rachel goûta une des préparations qui mijotait sur le poêle pendant qu'Isabelle s'avançait vers elle, ses chaussures neuves aux pieds.

— Excuse-moi, je suis un peu fatiguée.

Avec un rien de coquetterie, elle montra ses chaussures neuves à Rachel.

— Tu les aimes?

Sa copine lui pinça la joue gentiment.

— Oui. Elles sont magnifiques et elles te vont très bien. Tu
	as toujours eu bon goût.

Rachel regarda son amie dans les yeux. Isabelle venait d'enlever ses chaussures et avait de nouveau la mine un peu lasse. Rachel s'en inquiéta.

— Qu'est-ce qui t'arrive? lui demanda-t-elle en la pointant
	comiquement avec sa spatule couverte de sauce. Je te
	trouve bien taciturne depuis hier. Nous devrions fêter
	la liberté et l'avènement d'un monde parfait au lieu de
	faire cette tête d'enterrement.

Pensive, Isabelle hésita quelques instants.

— Rachel, je me demandais si tu voudrais bien m'aider…
	Elle plongea. J'aimerais aller dans la Zone Y.

Le visage de Rachel se décomposa.

— C'est une blague?

Isabelle s'attendait à cette réaction.

– Non, j'aimerais vraiment y aller…

Incapable de contenir un petit rire nerveux, Rachel essaya de l'en dissuader :

– Voyons Isa, que veux-tu aller faire là-bas ? C'est vraiment dangereux !

– Je sais, mais c'est important pour moi et… je tiens à satisfaire ma curiosité.

De toute évidence, Rachel n'était pas du même avis.

– C'est suicidaire, Isabelle, tu le sais bien ! La zone Y, c'est un lieu inaccessible. Personne, sauf les gardiennes hyper entraînées ne peut y accéder.

– C'est pour ça que j'ai besoin de ton aide, c'est toujours toi qui as eu les meilleures idées.

Rachel adopta un ton sans réplique.

– Tu essaies de me flatter… Mais c'est impossible, je te le répète. Tu ne m'as d'ailleurs pas dit ce que tu voulais aller faire là-bas.

Isabelle prit une bonne inspiration. Elle croyait ses arguments solides.

– À la fin du mois, il n'y aura plus un seul homme sur Terre. Avant que ça arrive, j'aimerais en voir un de près. C'est légitime, il me semble.

Rachel était effarée par l'inconscience apparente de sa demi-soeur.

– Tu tiens à la vie ou pas ? Tu sais bien que les hommes sont comme des bêtes. Tu imagines un instant ce qu'ils pourraient te faire s'ils t'attrapaient ? S'ils échappaient

à la vigilance des gardiennes ? Ils ne méritent pas de
continuer à vivre, et toi tu veux en voir un de près…

— Je sais Rachel que cela peut sembler fou, mais j'y tiens.
L'extinction d'une espère vivante, c'est quand même un
geste grave. C'est une question de curiosité scientifique.
Je veux documenter cela. Je voudrais parler à un spécimen
avant qu'ils disparaissent à jamais.

— À condition qu'ils sachent encore parler… murmura
Rachel, comme pour elle-même.

Rachel observait sa meilleure amie du coin de l'oeil. Elle l'aimait
profondément et savait qu'Isabelle la talonnerait tant qu'elle
n'accepterait pas de l'aider.

— Ma toute belle, tu sais que ta curiosité te perdra.

Isabelle l'embrassa tendrement. Elle avait compris que sa complice
de toujours acceptait de lui venir en aide.

— Merci Rachel. Je te revaudrai cela.

— Attends, pas si vite. Il faut trouver comment nous allons
faire, maintenant. Ce ne sera pas une mince affaire et
c'est loin d'être gagné, tu dois bien t'en douter. Si nous
réussissons, j'en serai la première étonnée… Tu as beau
être la fille de Johanna, je ne vois pas trop comment
nous y prendre.

Elles passèrent le reste de la soirée à discuter de ce projet biscornu
afin de trouver la meilleure stratégie pour parvenir à leurs fins. La
Zone Y représentait le dernier vestige du passé, avec tout ce que cela
supposait de dangers et d'interdits. Comment Johanna, la Guide
suprême, laisserait-elle sa propre fille prendre de tels risques ? Cela
dépassait l'entendement. C'est en faisant la vaisselle que les deux
amies révisèrent leur plan.

Rachel claqua la langue, satisfaite de son idée.

— Bon. Je crois que j'ai trouvé l'excuse parfaite. Ta mère
accorde beaucoup d'importance aux études.

Isabelle opina.

— Oui. D'ailleurs, je fais déjà mon mémoire sur le Nouveau
Monde ; je n'aurais qu'à le réorienter sur la Zone Y.

— Tu devras aller voir ta directrice de mémoire dès lundi
pour l'aviser du changement et ensuite prendre rendez-
vous avec ta mère pour lui exposer tes plans.

Isabelle était ravie de la tournure des événements. Elle sentait
qu'elle touchait à son objectif.

— Et là, je lui dis que je veux approfondir mon analyse sur
la Zone Y, que ma directrice est d'accord et j'insiste sur
le fait que la meilleure analyse est celle qui compte aussi
des séances sur le terrain. De cette manière, je pourrais
préparer un mémoire plus solide et plus conforme à la
vérité.

Rachel sentait que son amie ne considérait pas toutes les embûches
qui risquaient de se placer en travers de son chemin.

— Ne t'emballe pas trop quand tu parleras à ta mère, surtout.
Tu dois sembler désinvolte, comme si tout cela était
normal. Dis-lui que tu connais les risques et que c'est
une curiosité intellectuelle et scientifique bien réelle
qui t'anime. Le besoin d'une chercheuse universitaire
de documenter la disparition d'une espèce vivante de
la surface de la Terre.

Isabelle hocha la tête avec excitation. Elle sauta au cou de sa
complice.

— Merci Rachel ! Je suis tellement contente que tu acceptes
de m'aider !

Rachel lui fit un signe de la main.

— Pas si vite, fillette, pas si vite ! Je te dis : rien n'est encore
gagné.

···•··

Le lundi suivant, tout se passa pour le mieux pour Isabelle. Elle
avait réussi à rejoindre sa directrice de mémoire et à planifier un
rendez-vous avec sa mère. Sa directrice, quoiqu'un peu surprise par
le changement de direction d'Isabelle, donna son accord. Johanna,
quant à elle, promit de recevoir sa fille chez elle, après le travail,
vers 21 h 00. Nerveuse et fébrile, Isabelle se rendit chez sa mère à
l'heure prévue. Elle savait que si son projet devait avorter, ce serait
avec sa mère. Devant la porte de la somptueuse demeure, elle
hésita quelques secondes, afin de composer son personnage. Puis
elle sonna, en prenant une grande respiration. Le pas régulier de
Johanna se fit aussitôt entendre dans le couloir, jusqu'au portique.
Elle ouvrit la porte et accueillit sa fille avec un large sourire et un
visage détendu.

— Ma chérie ! Comment vas-tu ? Viens, entre.

Elles s'embrassèrent, puis Isabelle pénétra dans le vaste vestibule.

— Tu veux quelque chose à boire ?

— Non merci maman, que faisais-tu ? J'espère que je ne te
dérange pas trop.

— Je regardais simplement le bulletin de nouvelles à la
télévision.

Un sourire entendu apparut sur les lèvres d'Isabelle. Sa mère était
une folle d'information, sous toutes ses formes. Une *accro* de
première, quoi.

– Comme d'habitude, n'est-ce pas ? Je sais, je sais, maman :
il faut bien s'informer !

Elles gagnèrent le salon richement décoré et confortable et
s'installèrent devant l'immense écran. La voix de la présentatrice
avait quelque chose d'agaçant pour Isabelle. Elle lui paraissait trop
insouciante. Concentrée sur le bulletin, Johanna sentit le regard
de sa fille posé sur elle.

– Tu es certaine que tu ne veux rien boire ou manger ? lui
demanda-t-elle.

– Non, non merci, je… je suis venue pour te demander
une faveur.

Johanna sentit que quelque chose d'important se préparait. Elle
éteignit le téléviseur. Ayant maintenant toute l'attention de sa
mère, Isabelle se jeta à l'eau sans plus attendre.

– Tu sais que je travaille fort sur mon mémoire et qu'il
concerne le Nouveau Monde ?

– Oui et je suis très fière de toi, lui dit Johanna avec
chaleur.

– Je sais maman. Et je te remercie de ta confiance. Mais
j'ai décidé de réorienter un peu ma recherche sur la
Zone Y. Étant donné l'évolution du monde actuel, je
trouvais que le sujet s'imposait et tombait à point nommé.
Je suis certaine que cela fera sensation, surtout avec tout
le battage médiatique actuel. Cela va sûrement enrichir
mon travail. En plus de t'avoir sous la main pour une
éventuelle entrevue et pour enrichir ma recherche.

Johanna semblait intéressée et ne montrait pas le moindre signe
d'inquiétude.

– Bonne idée ; ta directrice est d'accord ?

— Oui. Tout est déjà arrangé, expliqua Isabelle avec un enthousiasme un peu forcé.

Tout à coup, sa mère sentit qu'il y avait anguille sous roche. Elle s'avança.

— C'était ça ta demande, Isabelle?

La jeune femme toussota en baissant les yeux. On entrait dans le vif du sujet et ça risquait de se corser joliment à partir de là.

— Pas tout à fait. Bien sûr, je serais vraiment heureuse que tu m'accordes une entrevue pour me permettre d'étayer mon point de vue sur le sujet. Mais j'aimerais aussi pouvoir être un peu plus dans l'action.

Johanna fronça les sourcils. C'était donc là où sa fille voulait en venir!

— Ce qui veut dire? Explique-toi clairement, Isabelle, et cesse de tourner autour du pot.

La jeune fille lâcha enfin le morceau.

— J'aimerais me rendre dans la Zone Y pour donner plus de crédibilité à mon mémoire.

Johanna sursauta:

— Je te demande pardon? Tu veux te rendre là-bas? Elle regarda sa fille avec beaucoup d'intensité.

Isabelle s'approcha de sa mère et d'une voix posée, continua son exposé.

— Maman, c'est important pour moi, cela pourra apporter une nouvelle dimension à ma réflexion et faire de mon mémoire un travail qui aura un impact réel. Essaie de le considérer comme une marque de professionnalisme de ma part.

— Mais Isabelle, la Zone Y, ce n'est pas un camp de vacances. C'est dangereux, violent et lès accès sont extrêmement limités.

— Je sais, maman. Mais j'y ai vraiment bien réfléchi et ce serait une chance unique de pouvoir mieux comprendre la structure de la zone, le contrôle des naissances et d'en voir de mes propres yeux le fonctionnement. Je t'assure que cela va radicalement renforcer mon mémoire et l'améliorer du tout au tout.

Johanna n'était pas convaincue.

— Tu te rends compte de ce que tu me demandes ?

— Oui et je te demande de bien y réfléchir ; c'est ma dernière année d'études et j'aimerais la finir avec éclat et honneurs.

Johanna se leva, perplexe, fit quelques pas, puis regarda sa fille de nouveau. Soudainement, elle se dirigea ver le mur de droite. Elle appuya à un endroit précis qui s'illumina avant de laisser sortir un panneau digital. Elle tapa ensuite un code compliqué et un coffre apparut dans une niche jusque-là dissimulée dans le mur. Johanna en sortit un petit objet rectangulaire de couleur foncée. Elle revint vers sa fille et le lui tendit. Il s'agissait d'une ancienne clé USB.

— Je veux que tu regardes ceci. Ce sont des documents que tu pourrais utiliser pour tes recherches. Visionne tout ceci et reviens me voir pour me dire après coup si tu veux toujours aller dans la Zone Y. Peut-être changeras-tu d'idée !

— Merci maman, je savais…

Johanna l'interrompit brusquement. Son ton était sans réplique.

— Attends, ma fille ! Si, malgré le visionnement du contenu
de cette clé USB, tu décidais quand même de poursuivre
ton projet d'aller dans la zone Y, je devrais d'abord aviser
le conseil d'administration et obtenir son accord.

Isabelle souriait, car elle savait bien que le conseil avait pleinement
confiance en sa mère et qu'il ne s'était jamais opposé à ses
décisions.

— Bien sûr maman, je te remercie pour ta compréhension.

Isabelle embrassa sa mère et se dirigea vers la porte.

— Tu as besoin que je te raccompagne en voiture ?

— Non, pourquoi ? Il fait bon dehors.

— Il fait pourtant nuit, répliqua Johanna.

Isabelle ne comprenait pas trop bien pourquoi sa mère semblait
tout à coup inquiète.

— Oui, et alors ? La nuit est belle et j'adore marcher…

— Excuse-moi, c'est vrai : j'oublie parfois que nous vivons
dans une époque paisible et qu'il n'y a plus de danger,
même la nuit. Préviens-moi quand ta décision sera
prise.

Hochant la tête, Isabelle afficha une mine ravie et sortit dans l'air
doux. Montréal était si paisible le soir ! Elle avait hâte de raconter
sa rencontre à Rachel. Tout s'était bien déroulé et elle allait enfin
pouvoir assouvir sa curiosité et mieux connaître cette fameuse
Zone Y et ses habitants avant qu'il ne soit trop tard. D'excellente
humeur, elle se mit à marcher d'un pas énergique.

•• • • ••

Depuis qu'Isabelle avait entre les mains la clé USB de sa mère, elle
passait ses soirées enfermée dans sa chambre à décortiquer ce qui

s'y trouvait. Elle avait téléphoné à sa mère la veille pour lui dire qu'en dépit de ce qu'elle avait vu, lu et entendu, elle était toujours résolue à se rendre dans la Zone Y. Elle avait vu, entre autres, le documentaire que comptait diffuser l'ADDH à la télévision afin de faire part à la population de sa décision d'exterminer les hommes. Si elle avait été bouleversée par les images, sa détermination et sa curiosité s'en étaient vues renforcées. Elle cherchait à mieux comprendre et elle s'y acharnerait.

Rachel frappa à sa porte de chambre.

— Toc, toc! Deux sucres et un lait, comme tu aimes.

— Isabelle quitta presque à regret son écran des yeux et se cala dans sa chaise avec un soupir de fatigue.

— Merci! fit-elle. Tu es un ange!

— Ah ça, je sais! répliqua Rachel, avec espièglerie. Alors, ça avance tes recherches?

— Regarde ça! répondit Isabelle, soudainement animée d'un nouvel enthousiasme. J'ai trouvé toutes sortes de choses intéressantes, que j'ignorais. Assieds-toi, je vais te montrer.

Rachel approcha une chaise et écouta attentivement les paroles de son amie. En regardant les diapositives des nombreuses cruautés perpétrées par l'homme, elle retint son souffle. Puis, Isabelle lui montra les installations de la Zone Y. Elle lui expliqua combien tout était fonctionnel et les multiples activités de chacun des bâtiments. Rachel s'exclama:

— Même en 2038, on nous cache encore beaucoup de choses…

Tout en dégustant son café, Isabelle lui répondit mollement.

— Bah… parfois vaut mieux ne pas en savoir trop.

– C'est toi qui dis cela !

En souriant, Isabelle termina d'un trait son café.

– Ma décision est prise, je pars. Elle tourna la tête vers sa chère Rachel : Tu viens ?

– Moi ? Je ne sais pas trop, ça ne me dit rien ; et puis, moins on en sait, mieux c'est, non ? Rachel lui fit un clin d'œil complice.

– Allez… J'en ai déjà parlé à maman, elle sera moins inquiète si tu viens avec moi.

– Menteuse !

– Une fille peut bien tenter sa chance pour convaincre son amie, non ?

Elles rirent joyeusement, tout en sachant très bien qu'elles finiraient par voyager ensemble.

Le lendemain matin, Johanna convoqua le conseil d'administration pour une réunion en vidéoconférence. Depuis que la décision d'exterminer les hommes était prise, c'était le branle-bas de combat dans les bureaux du quartier général des conseils mondiaux, à Montréal. De nombreux détails devaient être planifiés et tout le monde avait été réquisitionné pour l'occasion. En terminant l'ordre du jour et les mises au point devenues quasi quotidiennes, Johanna aborda la requête particulière de sa fille avec le conseil d'administration. Elle expliqua les raisons qui poussaient Isabelle à vouloir aller en Zone Y. Le conseil se montra d'abord inquiet, car cette zone était particulièrement risquée, mais Johanna rassura les participantes en disant que toutes les dispositions seraient prises pour assurer la sécurité de la jeune femme. De plus, Isabelle et Rachel étaient bien au fait des dangers auxquels elles s'exposaient et elles acceptaient de signer une décharge à cet effet. C'est alors que Thalia intervint pour se porter garante de la sécurité des deux amies. Johanna la regarda, surprise, et cette dernière lui fit un clin d'œil. Après un bref moment de silence, le conseil décida de rendre son verdict.

— Thalia, si tu te proposes pour la protection et l'accompagnement des deux jeunes filles et que tu t'assures qu'elles respecteront les règles de sécurité, nous leur autorisons l'accès aux installations de la Zone Y. Pour quelques jours seulement, cependant, car l'exécution approche à grands pas et nous ne voudrions pas la compromettre. Vous comprenez bien tous les enjeux en cause, n'est-ce pas ?

— Parfaitement !

— Johanna, vous avez donc notre accord.

— Merci à toutes et reparlons-nous demain.

Les lumières s'allumèrent et les écrans disparurent. Johanna interpella Thalia, avant que cette dernière ne franchisse la porte.

— Tu n'étais pas obligée de faire cela… Mais je te remercie. Ça me rassure de les savoir avec toi.

— Je me doutais bien que tu étais inquiète ; et puis, de cette manière, je pourrai garder un œil sur ta fille, répliqua doucement Thalia.

Johanna fit alors une chose qu'elle ne se permettait jamais au bureau : elle prit Thalia dans ses bras et déposa un baiser de reconnaissance sur sa joue. Surprise, celle-ci apprécia le geste et lui rendit la pareille en lui pressant doucement l'épaule, avant de quitter la pièce. Johanna passa la tête à l'extérieur et fit appeler sa fille par sa secrétaire afin qu'elle vienne la rejoindre un peu plus tard. À peine parvenue à son bureau, elle se sentit tout à coup harassée et essoufflée. Blême, elle se dirigea vers la chaise la plus proche, entendit vaguement appeler son nom avant que sa vue ne se trouble et qu'elle s'effondre de tout son long sur le sol.

Lorsqu'elle ouvrit les yeux, une lumière intense l'aveuglait et le visage de Thalia se penchait avec inquiétude au-dessus du sien. Elle murmura quelque chose d'inaudible et bientôt sa conscience reprit le dessus.

– Que s'est-il passé Thalia ? Sa voix était rauque.

Son bras droit essaya de la rassurer.

– Tu as eu un léger malaise, Johanna. Tu es surmenée ces temps-ci, c'est un peu normal ; il te faut du repos.

– Ce n'est pas tellement le bon moment…

– Je sais bien, mais pourquoi ne prendrais-tu pas une petite pause d'une heure ou deux ?

– Isabelle s'en vient…

– Si tu l'attendais dans les jardins, en bas, je vais prendre tes appels dans l'intervalle. Comme ça, tu pourras aller te promener, changer d'air…

Johanna la gratifia d'un pâle sourire reconnaissant.

– Merci, Thalia.

À cette heure avancée de l'après-midi, l'activité était toujours aussi effervescente au rez-de-chaussée de l'ADDH. Les employées allaient et venaient comme des abeilles ouvrières dans une ruche bien ordonnée. Johanna les observait du haut d'une rampe donnant sur le cœur à découvert de l'immeuble. L'air y était plus frais et elle prenait plaisir à observer ce microcosme s'affairer. De loin, elle reconnut la silhouette de sa fille se dirigeant vers les ascenseurs. Elle reprit le chemin de son bureau et, au même moment, sa secrétaire l'informa qu'Isabelle arrivait. Elle s'installa à son ordinateur et tapota sur son clavier en attendant sa fille. Quelques minutes plus tard, on cogna doucement à sa porte. Habituée à des tenues très sobres, Johanna ne put réprimer son amusement devant les extravagantes chaussures multicolores d'Isabelle. Elle adorait sa fille et se rendait compte à quel point elle embellissait en devenant femme et en affirmant son caractère. Isabelle surprit le regard tendre de sa mère, tout en remarquant sa pâleur et ses traits tirés.

— Est-ce que ça va, maman ?

— Oui, oui, ma chérie, ne t'inquiète pas.

— Thalia m'a dit que…

— Ne t'inquiète pas, je suis juste un peu fatiguée ; j'ai eu une grosse journée. Et toi, comment vas-tu ?

— Très bien ! Je suis impatiente de savoir ce que tu as à me dire.

Johanna perçut tout à coup chez sa fille la même fougue dont elle avait elle-même fait preuve à son âge. Plus réservée cependant, Isabelle l'exprimait différemment, mais on sentait un grand appétit de vivre.

— Le conseil m'a donné son accord.

D'un bond, Isabelle se leva.

— C'est vrai ? Elle contourna le bureau pour venir embrasser sa mère. Merci, merci, maman, je t'aime. Et j'apprécie tout ce que tu fais pour moi !

— Je t'aime aussi, mon trésor. Assieds-toi maintenant, je dois te donner mes consignes.

— Docile, Isabelle retourna s'asseoir devant sa mère, affichant un visage rayonnant.

— Tu as droit à quatre jours seulement…

— C'est parfait, répliqua la jeune fille. Rachel et moi, nous nous sommes arrangées pour avoir une semaine de vacances. On part quand ?

— Pas si vite, fillette ! Vous serez accompagnées par Thalia. C'est une demande du conseil. Tu dois me promettre d'être prudente et de bien observer toutes les règles à la lettre. Thalia a eu la générosité de se porter garante de votre sécurité.

Isabelle en croyait à peine ses oreilles. Elle était très excitée.

— D'accord maman. Je te promets d'être prudente.

— Bien. Maintenant, une fois arrivées là-bas, c'est Lucy, la directrice en chef de la Zone Y et son assistante Pénélope qui s'occuperont de votre séjour. Lucy a très hâte de te revoir, ça fait si longtemps.

Isabelle calcula mentalement.

— Ça doit bien faire onze ans, je crois. Moi aussi je serai heureuse de la revoir et de partir avec Thalia, que j'aime beaucoup, comme tu sais, n'est-ce pas ?

Bien sûr… Johanna avait l'air tendu. Sa fille la coupa tendrement.

— Oui, oui, ma petite mère poule ! Je serai très très très prudente. Promis ! Rachel aussi va être contente, tu sais ?

Tout en jetant un oeil à son ordinateur, Johanna poursuivit sa conversation avec sa fille.

— Au fait, comment va-t-elle ? Cela fait un moment que je ne l'ai vue.

— Bien, comme toujours ; tout va toujours bien pour Rachel.

— Heureuse de l'entendre. Alors, tout est arrangé. Vous partez dans deux jours avec notre jet privé. Thalia passera vous chercher samedi soir vers minuit et, une fois arrivées dans la Zone Y, je crois que Lucy vous a réservé un luxueux bungalow sur le bord de la mer.

— J'ai tellement hâte d'y être!

Johanna lui jeta un autre regard inquiet.

— N'oublie pas, tu m'as promis d'être sage!

Isabelle regarda sa mère et vit qu'elle lui souriait malgré son inquiétude. Elle en profita pour l'inviter à souper afin de la remercier de lui permettre de vivre cette expérience unique.

— C'est une très bonne idée! C'est Rachel qui cuisine?

— Comme d'habitude!

— Ça me fera plaisir de la voir.

— Merci pour tout, maman.

Johanna regarda sa fille quitter la pièce et se remit au travail.

····●···

ZONE Y

···●·●··

C'est lorsque le jet se posa sur la piste de l'aéroport de Sydney que l'excitation d'Isabelle atteignit son comble. Elles arrivaient enfin! Quatre jours s'étaient écoulés depuis que sa mère lui avait donné l'autorisation d'aller en Zone Y. Maintenant, elles y étaient! Si Rachel et Thalia étaient plus calmes, elles ne pouvaient s'empêcher de sourire devant les démonstrations d'enthousiasme d'Isabelle. Lorsque cette dernière posa le pied sur la première marche extérieure de l'avion, elle fut surprise par la chaleur de cet après-midi ensoleillé. Puis, elle s'immobilisa pour regarder autour d'elle. Il n'y avait pourtant rien d'extraordinaire à signaler: c'était un décor urbain qui ressemblait à celui de la plupart des aéroports des autres grandes villes; pourtant, tout lui paraissait plus beau.

– Isa! Tu vas prendre racine si tu restes là.

Elle regarda Rachel et sourit en la rejoignant sur la piste. Une voiture de couleur foncée les attendait. Une magnifique jeune femme en sortit. Il s'agissait de Pénélope, l'assistante de Lucy. Malgré ses origines espagnoles, elle avait les cheveux châtain et de profonds yeux marron. Âgée de 29 ans, elle avait aussi beaucoup d'ambition et sa démarche dénotait une grande assurance. Thalia et Pénélope firent d'abord connaissance en échangeant une poignée de main énergique. Elles se présentèrent l'une à l'autre avec un grand respect mutuel. En effet, on parlait beaucoup de Thalia dans l'organisation et on admirait ce qu'elle avait accompli avec les autres fondatrices du mouvement. Plusieurs rumeurs couraient également au sujet de Pénélope, qui avait été pressentie pour remplacer Lucy lorsqu'elle se retirerait, dans un avenir assez imminent. Toutefois, avec cette nouvelle décision d'éliminer les derniers hommes de la surface de la Terre, Pénélope serait sûrement réaffectée dans une zone plus stratégique.

— Nous avons vécu de nombreux changements ces derniers temps, n'est-ce pas Pénélope ? s'enquit Thalia.

Voyant où elle voulait en venir, c'est-à-dire aborder brièvement son avenir, elle lui répondit d'un air philosophe.

— Ne vous en faites pas pour moi, j'ai bien hâte de retrouver mes sœurs et ma mère.

Thalia lui sourit gentiment.

— Laissez-moi-vous présenter les deux jeunes filles qui m'accompagnent.

Les présentations furent joviales, on se faisait la bise. En regardant Isabelle droit dans les yeux, Pénélope se souvint des photos des fondatrices de l'ADDH qu'elles avaient souvent regardées dans les bureaux où elle travaillait. Elle ne put s'empêcher de remarquer :

— C'est surprenant comme tu ressembles à ta mère, Isabelle.

Curieuse, Rachel lui demanda :

— Est-ce que cela fait longtemps que tu es ici, Pénélope ?

— Je suis arrivée dans la Zone Y à l'âge de dix-huit ans, cela fait donc maintenant onze ans que je travaille ici.

Les deux amies se regardèrent, étonnées. Pénélope les coupa.

— Bon, c'est moi qui suis chargée de vous faire faire la visite des lieux. Alors, on y va ?

— Bien sûr ! Allons chercher nos valises, s'empressa d'ajouter Rachel.

— C'est inutile, on vous les apportera directement à votre bungalow, précisa leur guide. Je vais d'abord vous conduire à la maison-mère du Centre de reproduction, où la directrice en chef vous attend.

— Je suis impatiente de revoir Lucy, ça fait si longtemps, lança Thalia, tandis qu'elles s'installaient dans le véhicule.

Une fois à l'intérieur, Pénélope s'assit au volant et indiqua sa destination au GPS vocal. Un petit point rouge apparut aussitôt sur l'écran.

— Nous serons sur le pilote automatique jusqu'à notre arrivée à ce point rouge, précisa la jeune fille en montrant l'écran de son système GPS. Ensuite, je prendrai les commandes manuelles. Terminé.

La voix féminine presque humaine se fit entendre dans les haut-parleurs installés dans la portière avant. «Très bien ! Nous passons en mode pilotage automatique. S'il-vous-plaît, veuillez attacher vos ceintures de sécurité. Bon voyage ! » Le véhicule se mit en marche.

— Très moderne ce système, n'est-ce pas Rachel ? fit Isabelle, amusée.

— Voyons Isa, ça doit faire au moins cinq ans que ça existe chez nous !

– Oui, peut-être, mais c'est plutôt récent par ici, répliqua doucement Pénélope.

– Rachel, tu sais bien qu'Isabelle ne conduit pas, fit remarquer Thalia.

– C'est un fonctionnement assez simple, en fait, expliqua Pénélope. Le système émet des ondes transmises par satellite et le tour est joué.

Inquiète, Isabelle se tourna vers Rachel.

– Est-ce un système fiable?

C'est Pénélope qui répondit à la question.

– Bien plus que si c'était l'homme qui l'avait conçu!

La ville de Sydney était restée tout de même populeuse, comme en témoignaient les nombreux véhicules qui circulaient autour des quatre femmes. Quelques minutes plus tard, la voiture noire emprunta une sortie d'autoroute et s'enfonça davantage dans la zone urbaine de Sydney. De petites sentinelles volantes assuraient une surveillance constante et les carrosseries des voitures bien entretenues et lustrées réfléchissaient la lumière intense du soleil. Le véhicule diminua automatiquement sa vitesse en arrivant dans un secteur achalandé, où de vastes immeubles bordaient les boulevards pour s'immobiliser ensuite devant une large porte de garage métallique. Pénélope donna d'autres instructions à son système GPS. «Nous sommes arrivées à destination, passage en commande manuelle. Pour plus de sécurité, le véhicule a été immobilisé.» Un léger bruit synthétique se fit entendre lorsque Pénélope reprit le volant. Elle approcha prudemment le véhicule de la porte de garage. Un laser intégré à la caméra de surveillance balaya la voiture et ses occupantes. Un bruit d'impression se fit ensuite entendre et un billet sortit d'une petite boîte située sur la droite du véhicule. On pouvait y voir un code barre, l'heure d'arrivée et le nombre, ainsi que le sexe des passagers. Curieuse, Isabelle voulut jeter un oeil sur le bout de carton. Elle le montra à Rachel et ne put s'empêcher d'observer :

— Pourquoi y a-t-il autant de détails ?

— J'imagine que c'est une question de sécurité, lui répondit son amie dans un haussement d'épaules.

— En entrant dans le stationnement souterrain, Pénélope dirigea la voiture à un emplacement précis qui portait son nom. C'est alors qu'elle se retourna vers les deux jeunes filles assises derrière.

— Il y a quelques années, des hommes ont tenté d'entrer dans l'édifice ; ils avaient été cachés et aidés par des femmes qui se sont laissé berner par leurs paroles.

— Je connais cette histoire, lança Thalia, c'était dans les débuts, ils voulaient libérer les autres hommes et détruire les laboratoires.

Pénélope fit une pause pour bien marquer le coup.

— Ils ont presque réussi avant de se faire prendre. Je n'étais pas encore ici lorsque cela s'est produit, mais on en a beaucoup parlé…

Elles descendirent de la voiture dans l'air humide et frais du stationnement souterrain, ce qui arracha un frisson à Isabelle. Pénélope les assura qu'elles pouvaient laisser leurs effets personnels dans la voiture et qu'après la visite, elle les reconduirait à leurs appartements. Rachel et Isabelle voulurent savoir la suite de l'histoire, ce qui s'était passé avec les fugitifs après cet incident. Pénélope raconta :

— D'après ce que j'en sais, les mesures de sécurité se sont radicalement renforcées. À l'époque, on n'avait

installé qu'une seule caméra du même type que celle de
l'entrée. Elle était située sur une des portes, à l'arrière
du bâtiment.

— Oui, je me souviens, on doutait d'ailleurs de ce type de
système de sécurité, ajouta Thalia.

— C'est vrai, poursuivit Pénélope. C'est pourtant grâce
à cette caméra que les dissidents se sont fait repérer.
Alors, maintenant, il y en a partout, chacune ayant des
fonctions variables.

Tout en parlant, le petit groupe s'était dirigé vers les portes
d'ascenseur, qui s'ouvrirent dès leur arrivée. Isabelle remarqua
une petite caméra en haut des portes. Elle se dit qu'elle devait
agir comme un senseur automatique. L'intérieur était simple et
métallique. Pénélope indiqua d'une voix ferme l'étage 36. Thalia
se retourna, surprise.

— Tu travailles au 36ᵉ étage?

— Non, non, c'est Lucy qui vous attend dans sa salle de
détente.

Après plusieurs secondes, l'ascenseur s'arrêta au dernier étage de cet
imposant édifice de Sydney. Le petit groupe fit son entrée dans un
magnifique jardin intérieur qui se prolongeait à l'extérieur sur le
toit. La végétation y était omniprésente, grâce aux vastes fenêtres.
La température ambiante avoisinait les trente degrés Celsius. Le
changement de température soudain et la superbe vue stoppèrent net
l'avancée des invitées, stupéfaites. Au centre de ce luxueux paradis
tout en verdure se tenait une femme d'un certain âge. Frisant la
soixantaine, Lucy avait gardé de magnifiques cheveux noirs et avait
revêtu une tenue chinoise traditionnelle qui lui allait à merveille.
On pouvait la voir exécuter quelques mouvements de tai-chi avec

une grande concentration. Lorsqu'elle eut terminé sa séquence, elle se retourna vers ses invitées, le sourire aux lèvres.

– Bienvenue à vous trois, dit-elle avec chaleur. Elle s'avança vers Thalia. Je suis si heureuse de te revoir! Elle l'embrassa chaleureusement. Ça fait longtemps!

– Trop longtemps! répliqua Thalia. Je suis vraiment contente de voir que tu te portes à merveille, Lucy.

La directrice se tourna vers Pénélope, la remercia, puis lui donna son congé. Cette dernière disparut dans l'ascenseur avec un petit signe de la main en guise de salut. Thalia présenta les deux jeunes filles qui l'accompagnaient. Enchantée, Lucy entraîna ses invitées vers un petit boudoir, où elles purent se désaltérer et grignoter quelques biscuits. En les observant, Lucy sourit. Elle pensa qu'Isabelle avait bien grandi depuis le temps! Elle était devenue aussi belle que sa mère au même âge. Isabelle croisa son regard et rougit d'être ainsi observée.

– Isabelle, comme tu as changé! dit Lucy. La dernière fois que l'on s'est vue, je pouvais encore te tenir dans mes bras!

– C'était à l'époque où vous travailliez avec ma mère et Thalia à Montréal?

– Oui, fit Lucy. Ta mère était fougueuse et pleine d'ambition; regarde tout le chemin accompli, nous avons réussi à éliminer un grand péril pour l'humanité!

Isabelle ne put réfréner un autre élan de curiosité.

– C'est vrai que vous avez des photos d'elle à cette époque dans votre bureau?

– Bien sûr, pour me rappeler d'où nous sommes parties et ce que nous avons enduré pour arriver enfin à mettre sur pied ce monde exemplaire dans lequel nous vivons maintenant.

Sur ces mots, les quatre femmes prirent place dans des fauteuils confortables, placés stratégiquement au beau milieu des plantes. Cet endroit était un véritable spectacle pour les yeux et respirait le calme. Lucy et Thalia se donnèrent mutuellement des nouvelles de chacune des zones, puis la conversation se détendit et continua bon train. Lucy était vraiment une personne agréable, en dépit de son air sérieux et résolu. Lorsqu'elle parlait, on pouvait sentir sa profonde admiration pour Johanna.

· · · ·

Ce n'est qu'à la tombée de la nuit que le petit groupe se retrouva devant un immense bungalow au bord de la mer. La beauté du paysage se devinait malgré la noirceur, puisqu'une végétation exotique entourait la résidence et que les palmiers dansaient dans la pénombre. Un peu déboussolées par le décalage horaire, les trois femmes demeurèrent quelques instants sur le petit sentier menant au bungalow, d'où l'on apercevait une lune claire et presque pleine au-dessus de l'océan. Rachel ne put s'empêcher de murmurer :

– Dites donc, ils n'ont pas lésiné sur les moyens !

– C'est magnifique ! On se croirait dans un autre monde, renchérit Isabelle, dont le regard se perdait avec ravissement dans les vagues qui venaient mourir sur la plage.

Déjà sur le seuil de la porte, Thalia les tira de leur contemplation en les invitant à entrer. Leurs valises avaient déjà été déposées à l'intérieur. Isabelle voulut rester quelques instants de plus pour aller sur le sable fin en compagnie de son amie. Thalia disparut dans la demeure pour rejoindre Lucy, tandis que les deux jeunes femmes se mettaient à marcher en direction de la plage.

— J'ai passé une bonne journée, Lucy est charmante, tu ne trouves pas, Isa ?

— Oui, tu as raison. Et, en plus, elle est superbe pour son âge !

Rachel approuva.

— C'est dingue, elle a vraiment l'air de 40 ans... mais tu m'as dit qu'elle en avait 59, n'est-ce pas ?

— Isabelle hocha la tête.

— Son secret, c'est le tai-chi ; elle en fait plusieurs fois par jour.

— Moi ça n'a jamais été mon truc, tous ces gestes au ralenti, répliqua Rachel.

Isabelle lui toucha l'épaule en riant.

— Tu savais que ces mouvements portent quand même toute l'histoire d'une tradition née il y a plusieurs siècles ? Chose certaine, on a la preuve que ça fonctionne lorsqu'on regarde Lucy !

Un silence s'installa. On entendait uniquement le bruit des vagues.

— Est-ce que tu es nerveuse à l'idée de voir un homme pour la première fois de ta vie ? s'enquit Rachel.

La question avait été posée avec une telle douceur qu'Isabelle, surprise, répondit timidement.

— Enfin... oui... un peu ; j'ai l'impression qu'on m'emmène pour la première fois dans un parc d'attractions. Je sais que je vais vivre un moment fort, mais je ne suis pas certaine d'aimer ça...

Pensive, Rachel se secoua, puis annonça sur un autre ton : je rentre…

> – Attends ! cria Isabelle. Je veux savoir… Et toi, qu'est-ce que cela te fait ?

Mais Rachel se dirigeait déjà vers la maison et fit mine de ne pas avoir entendu la question. Elle laissa Isabelle en plan avec son interrogation et ses pensées.

•• • ••

Le lendemain matin, tout le monde se leva de fort bonne humeur pour entamer cette journée qui s'annonçait aussi intéressante que bien remplie. Pendant que Thalia préparait le petit déjeuner dans la vaste et somptueuse cuisine, les deux jeunes femmes se préparaient en papotant à qui mieux mieux, comme deux adolescentes excitées. Leurs voix résonnaient dans la salle de bain du deuxième étage et on les entendait distinctement d'en bas bavarder gaiement à propos de la journée à venir. Pendant qu'Isabelle prenait sa douche, Rachel se coiffait à l'aide d'une brosse électrique. Tout à coup, Isabelle se mit à fredonner un air de Céline Dion, « Dans un autre monde ». Tout en s'admirant dans la glace, Rachel se mit à chantonner à son tour. Les deux amies se prirent au jeu et, rendues au refrain, elles formaient un duo énergique à la voix bien posée et juste, qui faisait plaisir à écouter :

> *« Rendez-vous dans un autre monde, dans une autre vie…*
> *Une autre chance, une seconde, et tant pis pour celle-ci…*
> *Rendez-vous quelque part ailleurs et à l'infini…*
> *Rendez-vous quand j'aurai dévoré mes appétits…*
> *Rendez-vous quelque part ailleurs et à l'infini…*
> *C'est le monde à ta porte et tu lui dis merci… »*

À la fin de leur performance, Rachel se mit à applaudir en riant et Isabelle l'imita. La bonne humeur des filles était contagieuse et avait atteint Thalia dans la cuisine, qui se réjouissait de les voir aussi en forme, malgré le décalage horaire. Pendant le petit déjeuner, Isabelle demanda quand Pénélope viendrait les chercher. Elle était impatiente et excitée et n'arriva à grignoter que quelques fruits du bout des dents.

— Pénélope devrait arriver bientôt ; elle m'a dit qu'elle serait là vers 10 heures, répondit Thalia. Elle fit une brève pause avant de poursuivre. Les filles, je dois vous dire que je ne passerai pas la journée avec vous.

Les mines interrogatrices des deux jeunes filles incitèrent Thalia à s'expliquer.

— Je vais profiter de votre visite pour aller régler quelques affaires avec Lucy ; sans compter que nous avons beaucoup de choses à nous raconter.

Isabelle se montra un peu déçue, mais Thalia l'assura qu'elles se retrouveraient en fin de journée et qu'elle informerait Pénélope de ce changement de plans. Au même moment, la sonnette de la porte d'entrée se fit entendre. Si Isabelle avait affiché un air déçu quelques instants auparavant, il disparut instantanément. En une seconde, elle était debout, radieuse, et se précipita à la porte d'entrée, saluant joyeusement Pénélope au passage, tout en criant à Rachel :

— C'est elle ! Dépêche-toi, ma grande, on t'attend !

Rachel regarda Thalia, faussement découragée.

— Elle est incroyable, cette fille ! Tu as vu, elle ne tient pas en place !

Thalia sourit devant ce tableau. En dépit de ses protestations, Rachel semblait aussi excitée qu'Isabelle, mais sûrement pour une raison différente. La belle Pénélope, peut-être ?

Thalia commença à ranger la cuisine et regarda l'heure, qui indiquait 10 h 02. Elle téléphona à Lucy et lui annonça que les filles venaient de partir. Les deux amies se donnèrent rendez-vous une heure plus tard dans le parc situé juste en face de la maison-mère. Cela laisserait à Thalia le temps de donner des nouvelles à Johanna.

Debout sur les marches menant à l'entrée asphaltée du bungalow, Rachel s'était arrêtée, interdite. Puis, elle s'exclama joyeusement en regardant Pénélope.

— Wow ! Vous n'avez vraiment pas lésiné sur les moyens !

Une limousine blanche immaculée les attendait. Elles y prirent place, excitées par tout ce luxe. Les deux amies s'assirent d'un côté, tandis que Pénélope, amusée par leur excitation quasi juvénile, s'installa en face d'elles. Le cuir beige était moelleux et confortable. L'assistante de Lucy observait les deux jeunes filles, qui lui apparaissaient en parfaite communion. Lorsque la voiture se mit en route et que le paysage commença à défiler sous leurs yeux à bonne vitesse, Pénélope s'adressa à ses invitées.

— Je suis ravie que tout ce luxe vous plaise. Nous n'avons pas l'habitude d'avoir des invitées, c'est pourquoi nous tenions à vous accueillir dans les meilleures conditions possibles.

— C'est très réussi, affirma Rachel avec son aplomb habituel, n'est-ce pas Isabelle ?

Cette dernière décrocha son regard de la vitre pour acquiescer, profitant de l'occasion pour tenter de satisfaire son insatiable curiosité auprès de leur hôte.

— Pénélope, dis-moi… Si ce n'est pas trop indiscret, que fais-tu exactement ici comme travail ?

— À titre de première assistante de Lucy, je m'occupe du
bon fonctionnement de la Zone Y et plus précisément
du système de sécurité. J'ai aussi la responsabilité de
superviser la distribution du sperme dans le monde.

La jeune femme avait répondu le plus simplement du monde, avec
gentillesse. Rachel semblait impressionnée.

— On peut dire que tu en as du boulot! Tu ne risques pas
de t'ennuyer!

La jeune femme hocha la tête et leur fit un clin d'oeil complice.

Isabelle demanda ensuite prudemment à Pénélope si elle était
au courant de l'extermination définitive des hommes.

— Bien sûr, répondit son interlocutrice. Notre équipe de
recherche a beaucoup travaillé sur le projet du sperme
de synthèse, en collaboration avec d'autres cellules
internationales de l'ADDH.

Isabelle voulait connaître les sentiments de Pénélope à ce sujet.
Comme toutes les autres impliquées de près dans le projet, celle-
ci trouvait que cette action s'inscrivait comme une suite logique
de ce qui avait été entrepris trente ans auparavant. La discussion
roula quelques instants autour du thème du sperme de synthèse.
Mais comme Rachel s'ennuyait ferme, elle finit par donner un
petit coup de coude à Isabelle pour qu'elle change de sujet. Cette
dernière, qui n'en faisait qu'à sa tête, passa outre le dépit de son
amie et continua d'interroger Pénélope.

— Quand tout cela sera fini, qu'allez-vous faire, toi et toutes
celles qui travaillent ici?

— Ne t'en fais pas avec ça, lui répondit Pénélope. Le
conseil a déjà prévu des relocalisations pour toutes celles
qui seront touchées par ces changements. Je sais que

certaines d'entre nous demeureront ici et continueront la distribution du sperme de synthèse.

L'intérêt de Rachel se ranima tout à coup :

— Et toi, quels sont tes projets ?

— Moi ? Je vais retourner en Zone E, retrouver ma famille et mes sœurs. Ensuite, je vais travailler pour l'ADDH, mais au sein du conseil européen.

— Habilement, Pénélope redirigea la conversation vers les deux jeunes femmes.

— Au fait, Isabelle, on m'a dit que tu es venue ici pour tes études ?

— Heu… oui. Disons que je voulais approfondir mon analyse de la Zone Y pour mon mémoire de maîtrise ; et rien ne vaut un peu de travail sur le terrain pour valider ses recherches et asseoir leur crédibilité…

Pénélope se tourna ensuite vers Rachel.

— Et toi, Rachel, il paraît que tu travailles aussi ?

— Oui, dans une boutique de vêtements plutôt branchée.

La discussion se poursuivit ainsi sur des sujets plus légers pour le reste du trajet. Il faut dire que lorsque l'on donnait la place à Rachel, elle ne se faisait pas prier pour animer la conversation et faire rire son auditoire. Pénélope la trouvait tout à fait charmante et très séduisante.

Lorsque la voiture s'immobilisa enfin devant un grand bâtiment entouré de parcs et de jardins, au cœur même de Sydney, Pénélope les invita à sortir du véhicule.

— Où sommes-nous ? demanda Isabelle.

— Dans la zone centrale, au Centre de reproduction, expliqua leur guide. Je vais vous le faire visiter et je tâcherai de te donner tous les renseignements qui pourraient t'être utiles à tes recherches, Isabelle). Si tu as des questions, je m'efforcerai d'y répondre de mon mieux.

Pénélope lui fit un petit clin d'œil complice tout en s'éloignant pour aller donner ses instructions à la conductrice de la limousine. Impressionnée par l'aménagement des édifices et des espaces verts, Isabelle constata :

— C'est vraiment très beau. Mais, as-tu remarqué, Rachel, comme c'est surveillé ? As-tu vu le nombre de gardiennes aux alentours, et leur gabarit ? Elles paraissent toutes plus costaudes les unes que les autres. De vrais colosses !

— Oui, renchérit Rachel. Et toutes ces caméras ! C'est vraiment du sérieux…

Pénélope s'interposa et crut bon de préciser le contexte dans lequel toute cette sécurité avait été mise en place.

— Nous n'avons pas vraiment le choix. Lorsque nous sélectionnons les candidates aux postes de gardiennes, nous devons nous assurer qu'en cas d'attaque ou de pépin elles soient en mesure de se défendre et de maîtriser les parasites mâles. Nous avons également deux tours de contrôle, des systèmes à infrarouges et même des hélicoptères, prêts à intervenir à la moindre tentative d'évasion… Allez, venez, poursuivit-elle. C'est par ici que ça se passe.

Une grille les arrêta à l'entrée et s'ensuivit une brève discussion avec les gardiennes responsables de l'accès aux locaux. Quelques secondes plus tard, le trio fit son entrée dans une enceinte bien protégée. Malgré le côté contraignant et l'ambiance un peu rigide que conférait toute sécurité aux lieux, le soleil bien présent en cette fin de matinée parvenait néanmoins à réchauffer l'atmosphère. Le parc intérieur était particulièrement beau et en pleine floraison.

On entendait de l'eau couler doucement. Isabelle sortit un petit calepin électronique afin de pouvoir noter ses observations. Levant un sourcil, Rachel la taquina :

— Je vois que Madame a tout prévu. Toujours aussi techno, hein, Isabelle ?

Elles se sourirent, complices.

— Je suis prête, lança Isabelle, énergiquement. On commence par quoi ?

Les deux autres jeunes femmes se moquèrent d'abord gentiment de son empressement.

— Dis-moi ce que tu veux voir et savoir. On va commencer par là, lui indiqua Pénélope, souriante et disponible.

— Ce sont les conditions de vie de l'homme qui m'intéressent le plus, précisa Isabelle. Mais il y a aussi le fonctionnement du Centre de reproduction, la distribution du sperme et la manière dont vous vous occupez des enfants mâles.

— Je vois que tu es bien préparée et renseignée, fit Pénélope. Nous allons tâcher de couvrir tous tes champs d'intérêt aussi adéquatement que possible. Allons, suivez-moi, nous allons commencer notre visite là-bas.

Elles se dirigèrent vers le bâtiment principal, qui se trouvait sur leur gauche. On apercevait une des fameuses tours de contrôle. Une fois à l'intérieur, l'ambiance changea encore. Les couleurs étaient chaudes et agréables. Les jeunes femmes s'avancèrent vers une pièce vitrée et spacieuse, où plusieurs écrans de contrôle renvoyaient diverses images des nombreux sites stratégiques situés dans la zone centrale. Malgré l'aspect plus austère de la sécurité et de la technologie omniprésente de cette salle, une ambiance chaleureuse s'en dégageait. Une dizaine de femmes de vingt-cinq à quarante-cinq ans s'affairaient autour des consoles et des bureaux de surveillance. Pénélope expliqua que des quarts se relayaient pour assurer une surveillance continue, vingt-quatre heures sur vingt-quatre, et que c'était ici qu'était assuré le bon fonctionnement du système de sécurité de toute la zone centrale. Chaque secteur était cependant protégé individuellement et indépendamment des autres. Pendant que Pénélope continuait sa présentation, Rachel, restée un peu en retrait, se fit aborder par une des femmes qui passait non loin d'elle. Voulant savoir d'où elles venaient, cette dernière engagea la conversation. Mais, devant le sourire enjôleur de son interlocutrice, Rachel se sentit tout à coup intimidée. Elle en prit rapidement congé pour aller rejoindre le groupe rendu un peu plus loin. Parvenue à la hauteur d'Isabelle, elle lui murmura à l'oreille qu'elle venait de se faire aborder d'une manière on ne peut plus explicite, ce qui fit sourire son amie. Devant le regard interrogateur de Pénélope, Isabelle lui raconta ce qui venait de se passer. Contrariée, Rachel fit de gros yeux à son amie, qui fit semblant de ne pas le remarquer, et elle rougit quand Pénélope lança nonchalamment :

— C'est normal que tu te fasses aborder, tu es très séduisante.

Pendant ce temps, Isabelle observait une série d'écrans où l'on voyait des enfants mâles jouer dans un vaste parc. Ils étaient encadrés par des femmes habillées en civil, à l'apparence moins sévère que celles rencontrées jusqu'ici, et qui paraissaient aussi plus décontractées. En pointant l'écran, elle demanda :

— Les jeunes mâles sont avec des gardiennes en civil ?

— Tu sembles étonnée, fit Pénélope. Il ne faut pas nous prendre pour des sauvages, ce ne sont que des enfants ; même si nous évitons tout attachement, il est important de ne pas les perturber avant l'âge adulte et de leur offrir une vie aussi normale que possible ; c'est ce que nos études de performance ont clairement démontré.

Mais Isabelle avait une autre idée derrière la tête.

— Oui, je veux bien. Mais pour celles qui donnent naissance à ces petits mâles, est-ce que ce n'est pas difficile de s'en séparer, par la suite ?

Penelope, assez amusée par cette question, lui rétorqua calmement.

— Imagine-toi avec une énorme tumeur dans ton bas-ventre. Pour ces femmes, c'est un peu la même chose. Elles ont hâte qu'on leur retire cette chose gluante avec un pénis du corps et c'est pour cette raison aussi qu'elles nous coûtent très cher. Crois-moi, Isabelle, elles sont tellement soulagées après l'accouchement ! De toute façon, une femme ne peut rester dans la zone après avoir accouché plus de deux fois. Elle rentre chez elle. C'est un peu comme si tu signais un contrat de deux à trois ans avec une équipe sportive professionnelle, mais sans possibilité de prolongation.

— Je vois, répondit Isabelle. Se déplaçant vers la droite, Isabelle indiqua un autre écran. Divisées en quatre segments, des images en ellipse y défilaient. On pouvait voir des mâles adultes dans diverses conditions ; certains se promenaient sous haute surveillance, d'autres travaillaient à différentes tâches. On en voyait même certains pratiquer des sports extérieurs. Mais ce qui frappa le plus Isabelle, c'était de voir deux hommes entretenir minutieusement une plate-bande de fleurs qui bordait le côté nord de la cour. Elle était surprise et en même temps très intriguée de voir ces barbares, comme on les appelle dans le Nouveau Monde, s'occuper avec autant de passion de ces fleurs.

Pénélope poursuivit ses explications.

— Comme vous le savez sûrement, c'est à l'âge de 18 ans que les mâles sont évalués afin de renflouer la banque internationale de sperme.

Rachel, qui les avait rejointes, fut pour sa part intriguée par une autre image un peu particulière. Des hommes de plusieurs ethnies se disputaient durement un match de basketball. Ils se bousculaient constamment, protestaient à propos de fautes imaginaires. Tout à coup, la violence monta d'un cran sur le terrain. Lorsque la situation sembla s'envenimer, des gardiennes durent intervenir pour calmer le jeu. Rachel s'exprima sur ce qu'elle venait de voir.

— Vous avez vu ces brutes ? À l'école, on nous montrait des images identiques, mais jamais je n'aurais pu imaginer de les voir en direct. C'est impressionnant ! Ces hommes n'ont aucune retenue ! Pas étonnant que le monde ait été un vrai merdier avant, quand c'était eux qui étaient aux commandes…

Attirant l'attention de Pénélope, Rachel s'approcha du poste informatique et agrandit l'image, jusqu'à la faire occuper toute la surface de l'écran. On sentait une deuxième onde de violence monter, la bagarre était sur le point d'éclater.

— Attendez un instant…

Pénélope pressa un bouton de son bracelet-montre et donna ses instructions à une chef de section par une micro-caméra intégrée au bijou.

— Alerte en section 23, intervention demandée, code 6.

Quelques instants plus tard, toutes trois virent une dizaine de femmes en tenue réglementaire remettre de l'ordre rapidement sur le terrain de basket-ball. Elles immobilisèrent au sol les plus violents à l'aide de pistolets paralysants, tout en complétant leur action grâce à diverses techniques de refoulement apprises lors de leur formation. Elles renvoyèrent d'autres mâles dans une autre section, et bientôt, le calme revint enfin dans la section 23.

– C'est incroyable ! ces hommes sont vraiment des primitifs ! Ils ne pensent qu'à se battre. Rachel était franchement choquée par ce qu'elle venait de voir.

De son côté, Isabelle, qui avait été agréablement surprise par l'image des deux hommes au pouce vert qu'elle avait remarqués un peu plus tôt, se permit d'intervenir :

– Est-ce que ce genre de choses arrive souvent, Pénélope ?

– Non, mais nous devons demeurer vigilantes en permanence, car les hommes ont toujours cette tendance à la violence, prête à exploser souvent sous de curieux prétextes. C'est ce que l'on nomme l'orgueil mâle.

Les deux jeunes filles purent saisir tout le poids de cette révélation grâce à ce qu'elles venaient de voir. Toutes les horreurs décrites dans leurs cours d'histoire devenaient tout à coup plus vraisemblables. Elles affichèrent des mines dégoûtées, mais malgré cet incident, Isabelle sentait une curieuse émotion l'envahir. Apparemment, les jardiniers avaient produit un effet positif plus durable sur elle que les bagarreurs du terrain de basket. Pénélope s'empressa cependant de faire diversion.

– Je crois que ça suffit pour aujourd'hui. Si nous allions visiter quelque chose de plus tranquille, mais de très intéressant ?

– Est-ce que je peux prendre des photos ? s'enquit Isabelle. Pénélope acquiesça.

– Vas-y, mais dépêche-toi, car le temps file.

– Après avoir fait quelques clichés rapides, les deux amies suivirent Pénélope en silence. Isabelle était pensive ; on lui avait répété à maintes reprises que la Zone Y était dangereuse, mais elle venait de voir pour la première fois de son existence un échantillon de ce que l'on nommait « violence ». Jusqu'à maintenant, elle n'avait rien connu de tel. Elle était un peu ébranlée et pensa que Rachel devait l'être aussi.

· · • · ·

Pendant que les filles continuaient leur visite, Thalia alla rejoindre Lucy pour de très agréables retrouvailles. C'est avec une joie sincère qu'elles s'étreignirent, heureuses de se revoir après de longues années d'absence. Les deux amies d'enfance avaient bien du temps à rattraper et des nouvelles à se donner. Elles marchèrent donc en prenant tout leur temps dans ce parc immense situé à côté de la maison-mère. Tout en discutant, elles croisèrent plusieurs femmes qui s'inclinaient légèrement et avec respect devant la directrice générale de la Zone Y.

— Vous restez quatre jours, c'est bien ça, Thalia ?

— Oui, le temps pour Isabelle d'obtenir les renseignements dont elle a besoin.

— Elle est bien comme sa mère, à toujours vouloir faire le maximum pour réussir.

— Oui, répondit Thalia. Tu as raison, elle n'a pas froid aux yeux, cette petite.

Elles se dirigèrent vers une fontaine où quelques poissons nageaient dans l'eau claire. Thalia interrogea sa vieille amie sur ses intentions, une fois que la Zone Y serait définitivement débarrassée des hommes. Cette dernière, comme à son habitude, prenait la chose avec calme et philosophie. Approchant de la soixantaine, elle jugeait que c'était un âge idéal pour prendre sa retraite. Thalia l'écoutait attentivement, puis posa à Lucy une question où perçait un peu d'espoir :

— Est-ce que tu as l'intention de revenir vivre à Montréal ?

Cette dernière sourit.

— Tu sais, j'aime bien la Zone Y, les hivers sont doux et les étés chauds, en plus de l'eau, à proximité. J'adore ce coin de pays. Je ne me vois pas vraiment vivre ailleurs maintenant, dit-elle.

— J'avais imaginé que tu me répondrais quelque chose du genre, avoua Thalia. Je crois que je gardais l'espoir qu'on se retrouve toutes les trois, avec Johanna, comme par le passé.

— Tu as toujours été la plus émotive de nous trois, dit doucement Lucy, en lui mettant la main sur l'épaule.

Un léger silence s'installa, puis Thalia reprit :

— Est-ce que tu vas assurer la transition ?

— C'est mon intention, jusqu'à ce que toutes les femmes soient mutées ailleurs. Je trouve néanmoins la situation un peu triste pour Pénélope, qui a travaillé si dur pour gravir patiemment tous les échelons. J'aurais aimé la voir prendre ma relève.

— C'est vrai qu'elle semble avoir un grand potentiel, mais avec les équipes médicales qui resteront, ça serait une perte pour l'ADDH de la maintenir ici.

— C'est pour ça que je me suis organisée pour qu'elle occupe un poste important au sein du conseil européen, concéda Lucy.

— Avec son tempérament de feu et son intelligence, je suis certaine qu'elle va accomplir de grandes choses, assura Thalia.

Lucy regarda son amie dans les yeux avant de lui demander :

— Et toi, Thalia, comment envisages-tu la fin de ta
carrière ?

·· • ··

C'est devant une grande porte métallique et deux gardiennes
impassibles que le petit groupe des trois jeunes femmes s'arrêta
ensuite. Une plaque comportant une série de chiffres et de lettres
figurait sur cette enceinte bien gardée. Ces signes n'avaient aucune
signification pour les deux invitées, mais ils semblaient identifier
la pièce qui se trouvait de l'autre côté. Pénélope se dirigea vers la
droite afin de placer sa main sur une plaque de verre destinée à
cet effet. Lorsqu'elle la posa, un témoin lumineux vert apparut
au-dessus de la porte métallique. Elle traversa ensuite sur le côté
gauche, où un scanneur rétinien l'attendait pour l'identifier ; puis,
une voix confirma son identité et l'autorisa à pénétrer dans la pièce.
Isabelle et Rachel se regardèrent, ébahies par les imposantes mesures
de sécurité. La porte s'ouvrit dans un bruit sourd, leur donnant
enfin accès à une antichambre vitrée qui donnait sur un couloir
et sur plusieurs autres portes.

Pénélope se tourna vers elles.

— Voilà, nous sommes maintenant dans l'endroit le plus
sécurisé du bâtiment ; vous aurez deviné qu'il s'agit de
la banque de sperme.

Les deux amies étaient sans voix et observaient les femmes
disciplinées et habillées de blanc immaculé, comme dans tous
les laboratoires ; elles étaient gantées de latex, avec les cheveux
soigneusement retenus par des coiffes aussi blanches que le reste.

— Nous sommes dans la section laboratoire, où, en raison
de mesures d'hygiène très strictes, nous ne pourrons
accéder, précisa Pénélope.

L'endroit était immense, aseptisé au possible, et plusieurs femmes s'affairaient à leurs tâches avec une précision apparemment réglée comme une véritable chorégraphie. Il semblait aussi y régner un parfait silence. Au fond de cette grande salle, on pouvait voir d'immenses réfrigérateurs, dont un était marqué d'une immense lettre Y sur sa façade. Tous les réfrigérateurs semblaient communiquer avec une autre salle située derrière.

— Si cela vous intéresse, je pourrais vous amener voir les différents entrepôts et la chaîne de production qui se trouve derrière le laboratoire, précisa l'assistante de Lucy.

Pendant qu'Isabelle ressortait son calepin, Rachel s'apprêta à prendre son appareil photo avec le désir d'aider son amie, mais Pénélope l'arrêta dans son geste.

— Je suis désolée Rachel, c'est le seul endroit où il vous est interdit de prendre des photos.

Dépitée, Rachel le remit à sa place dans le sac d'Isabelle. Amicale, Pénélope posa une main sur son épaule, comme pour lui signifier que ce n'était rien de grave. Le trio emprunta ensuite le couloir de droite pour arriver, quelques minutes plus tard, devant un autre mur vitré où l'on apercevait une longue chaîne de production. Pénélope expliqua cette fois que ladite chaîne était contrôlée par un ordinateur central qui organisait les cycles de production selon un programme complexe très sophistiqué. La salle des ordinateurs était située dans une loge tout en haut de la pièce, où quatre employées supervisaient en permanence la production électronique. Tout en prenant des notes, Isabelle était fascinée par les dizaines de bras mécaniques qui s'activaient constamment. Leur mission était de remplir des milliers de flacons, avant de les congeler. Dans cette zone, tout était aussi immaculé que dans le laboratoire aperçu plus tôt. Des scientifiques analysaient sur place la production, triaient les spermatozoïdes mâles et femelles, assuraient un contrôle rigoureux de la qualité et veillaient au respect des quotas, afin de stabiliser les naissances masculines.

En marchant sur une distance de quelques mètres, les visiteuses purent ensuite apercevoir les femmes qui faisaient l'analyse de la production. Pénélope poursuivit son exposé :

C'est donc dans la banque que le sperme est stocké et contrôlé. Les spermatozoïdes servant à la fécondation des femmes seront ensuite distribués selon des taux précis et préétablis pour chacune des régions du monde.

On pouvait voir des scientifiques très concentrées sur leur travail tester des échantillons à l'aide de microscopes électroniques qui diffusaient leurs images en temps réel, agrandies un million de fois sur un écran au plasma géant. Isabelle demanda :

— Que font-elles exactement ?

— C'est de cette manière qu'on fait le premier contrôle du sperme pour les naissances féminines ; ensuite, le tout est stocké dans les grands réfrigérateurs et congélateurs que vous avez vus dans le labo. Là-bas, on procède à d'autres tests pour assurer la qualité et la fiabilité du sperme.

Une femme entra avec un chariot d'échantillons où les éprouvettes étaient disposées dans un bac stérilisé.

— Une fois la production contrôlée, est-ce que c'est à ce moment que vous distribuez ces flacons dans les hôpitaux du monde entier ? s'enquit Isabelle.

— Exactement, renchérit Pénélope en poursuivant sa promenade.

Rachel était restée silencieuse jusque-là. Mais une question lui brûlait les lèvres.

— Que faites-vous avec le sperme qui donne naissance aux sauvages en puissance?

— Aux entités masculines, tu veux dire? corrigea Pénélope, avec une voix amusée. Nous prenons grand soin de les trier selon des critères bien établis et ensuite ils sont congelés. Tu as peut-être remarqué dans le labo qu'il y avait un congélateur portant une grande lettre Y jaune sur la porte?

Rachel fit oui de la tête.

— Le sperme choisi se retrouve là en attendant d'être utilisé.

Un silence légèrement gêné s'installa entre les trois jeunes femmes, perdues dans leurs pensées. Isabelle notait ses impressions. Puis, tout à coup, elle posa une autre question.

— Dis-moi Pénélope, où produisez-vous le sperme de synthèse?

— Ah! Voilà une très bonne question! En fait, ce sperme n'est pas produit ici, il est plutôt développé dans des labos sécurisés, au sous-sol. Je ne peux te renseigner davantage, car je ne suis pas moi-même au fait de la procédure. La seule chose que je sais, c'est que lorsque la production à grande échelle commencera, ils vont déménager ici, où les installations sont déjà en place.

— Ah oui?

Pénélope enchaîna.

— Venez, je vais vous montrer les entrepôts où l'on reçoit le sperme, avant de le traiter et de le transformer.

Isabelle demeurait un peu sur sa faim, mais elle décida de continuer sagement la visite, qui dura une bonne partie de l'après-midi.

· · ● · ·

L'ambiance contemporaine du resto, où une musique de jazz feutrée se faisait entendre, appelait à la convivialité. Lucy et Thalia étaient assises à une table où les nappes d'un bleu profond et les quelques reproductions bien choisies des grands maîtres ajoutaient une touche bon chic, bon genre à l'endroit. Le mobilier somptueux, la cuisine raffinée ainsi que le service impeccable en faisaient un endroit très couru. Lucy avait proposé qu'elles se rejoignent toutes les quatre ici en fin de journée. Les deux aînées sirotaient un apéritif en attendant l'arrivée d'Isabelle et de Rachel.

— Merci Lucy pour cette fort agréable invitation.

— Je tenais à vous faire découvrir un de mes endroits préférés.

Au même moment, les deux jeunes femmes se présentèrent à la porte, où une version féminine du maître d'hôtel traditionnel les accueillit. Elles furent conduites jusqu'à la table de Lucy, non sans s'étonner au passage de la splendeur de l'endroit. Rachel glissa à l'oreille d'Isabelle :

— Tu as vu ce restaurant ? Au risque de me répéter, je tiens à souligner que nous sommes vraiment reçues comme des reines !

Isabelle sourit à cette remarque en se dirigeant vers la table où on les attendait.

Une serveuse leur tendit la carte, tout en offrant un cocktail en guise d'apéro. Les deux cadettes se laissèrent tenter par la boisson exotique que sirotait Thalia.

— Ce sera donc deux Batida de coco ! annonça la serveuse. Je vous laisse regarder le menu, et si vous avez des questions, faites-moi signe.

Elle s'inclina légèrement avant de se retirer. Thalia questionna les copines sur leur journée :

— Alors, comment s'est passée votre visite avec Pénélope ?

— C'était vraiment bien, et très instructif, confirma Isabelle. On peut dire que ça été une très bonne journée !

— Contente de te l'entendre dire, Isabelle, poursuivit Lucy.

— Isabelle a raison, compléta Rachel. Nous sommes tellement bien reçues et Pénélope est vraiment très gentille, très compétente aussi.

— Ah oui ? demanda Thalia, une lueur de malice dans les yeux. C'est vrai qu'elle semble avoir un bon tempérament et un excellent caractère, n'est-ce pas Rachel ?

Rachel continua, sans relever les sous-entendus moqueurs de Thalia, qui avait remarqué l'attirance de la dynamique jeune femme.

— En plus, elle est intelligente et très charmante.

— Elle est aussi très belle, vous ne trouvez pas ? ajouta Isabelle, malicieuse.

— Oui, c'est vrai, concéda Rachel en baissant les yeux.

Tout le monde éclata de rire et les joues de Rachel s'empourprèrent instantanément.

— Ben quoi ? On ne peut plus dire ce qu'on pense d'une fille ? revendiqua Rachel.

— Oui, bien sûr, mais il ne faut pas rougir comme cela ! Serais-tu en train de tomber amoureuse ? remarqua Thalia.

Le reste de la table se mit à rigoler. La serveuse, qui revenait les bras chargés de boissons donna l'occasion à Rachel de reprendre contenance. Elle déposa les verres et s'éloigna un bref moment pour prendre la commande à la table voisine.

— Sauvée par la cloche, répliqua Isabelle, en faisant un clin d'œil à son amie.

Puis, elle se tourna vers Lucy, laissant Rachel à ses émotions.

— Lucy, est-ce que je peux te demander une faveur ?

— Oui, bien sûr, je t'écoute.

Isabelle avait maintenant l'attention de tout le groupe.

— Serait-il possible de rencontrer un homme en face à face ?

Thalia faillit s'étrangler avec son apéro et Rachel, sous le choc, chuchota le nom d'Isabelle en signe de désapprobation. Lucy ouvrit la bouche et prit quelques instants avant de répondre, surprise par la demande de la fille de la Guide suprême. Isabelle, se sentant mal à l'aise par le silence qui suivait sa requête, demanda naïvement :

— J'ai dit quelque chose de mal ?

— Non, non, Isabelle, c'est seulement qu'ici, il est formellement interdit qu'une femme civile entre en contact avec un homme, lui expliqua gentiment Lucy.

Voulant défendre son point de vue, Isabelle s'avança un peu sur sa chaise.

— Je ne veux pas passer beaucoup de temps avec lui, j'aurais juste quelques questions simples et rapides à lui poser. Je demande un entretien de 20 minutes, tout au plus.

Thalia décida d'intervenir, voyant bien qu'Isabelle ne laisserait pas tomber son idée facilement.

— Chérie, sois raisonnable, si nous évitons les contacts entre les deux sexes, c'est que nous avons d'excellentes raisons de le faire.

Elle jeta un coup d'œil à Lucy, qui prit la parole à son tour.

– Thalia a raison, Isabelle. Nous avons eu beaucoup de problèmes dans le passé. Lorsque nous avons créé la Zone Y, quelques femmes qui travaillaient ici se sont attachées à certains hommes, nous empêchant ainsi de bien faire notre travail. Nous avons dès lors pris les mesures nécessaires pour éviter de subir ce genre de complications à l'avenir.

– Mais certaines femmes ont-elles tout de même accès aux hommes ? demanda Isabelle avec insistance.

– Oui, mais elles sont contrôlées en tout temps et conditionnées pour remplir cette tâche. Une femme sur mille seulement réussit à passer tous les tests requis pour accéder à un de ces postes. Les contacts se limitent à des interventions mineures ; il n'y a jamais de conversation ou de contact physique prolongé. Les explications de Lucy étaient on ne peut plus claires.

Rachel sentit un pincement au cœur en voyant le visage immensément déçu de son amie, au point où elle tenta à son tour de convaincre Lucy, à la grande surprise d'Isabelle et de Thalia.

– Vous avez sûrement raison de prendre autant de précautions, mais je peux vous assurer qu'Isabelle déteste autant les hommes que toutes les femmes qui travaillent pour vous. Elle a été aussi conditionnée pour cela que la fille de la Guide suprême peut l'être. C'est justement là que réside pour elle l'intérêt de la rencontre : voir de près ces sauvages, afin de mieux compléter ses travaux d'études et avant qu'ils ne disparaissent définitivement de la surface de la Terre.

Isabelle remercia du regard son amie et se tourna, pleine d'espoir, vers Lucy. Mais c'est Thalia qui prit la parole.

— Écoutez, les filles, ils y a des règles dans cette Zone et Johanna vous avait bien averties que…

Elles furent interrompues par la serveuse qui revenait prendre les commandes. Lucy l'informa poliment, mais froidement qu'elles lui feraient signe quand elles seraient prêtes. La serveuse, voyant qu'elle avait importuné ses clientes, s'excusa, confuse, mais le sourire de Lucy la rassura. Elle partit prestement.

Isabelle prit une bonne inspiration, puis décida de jouer le tout pour le tout.

— Lucy, au fond, qu'est-ce que vous risquez ? Les hommes seront du passé dans un peu plus d'une semaine. Mais je vous serais tellement reconnaissante de m'offrir cette opportunité unique de recherche ! C'est important pour l'avancée de la science ! Sa voix était étrangement assurée.

— En effet, renchérit Rachel, que risquez-vous ? Tout est hyper surveillé et contrôlé.

Lucy lança un regard interrogateur à Thalia, qui semblait légèrement amusée par la situation. Lucy secoua finalement la tête, amusée à son tour.

— Les filles, vous semblez vraiment y tenir ! Toutes deux firent énergiquement signe que oui. Alors, voilà. Isabelle, j'ai vraiment l'impression d'avoir ta mère devant moi ; tu as la même détermination… Demain donc, en début d'après-midi, je demanderai à Pénélope de te conduire à la maison-mère, où je te recevrai dans mes bureaux. Nous verrons ce que nous pouvons faire.

Avant que les deux jeunes femmes puissent exprimer leur joie, elle les retint.

– Écoutez-moi bien avant de sauter de bonheur. Voici mes conditions. Isabelle, nous allons choisir ensemble un candidat, tu n'auras qu'un quart d'heure ; une gardienne restera dans la salle avec toi en tout temps et deux autres seront postées à l'extérieur. Évidemment, nos systèmes de surveillance seront en fonction durant toute la durée de l'entretien.

– Merci de cette confiance, Lucy. Je vous suis très reconnaissante.

Isabelle et Rachel affichaient un air ravi.

– Et si on commandait maintenant ? Lucy fit signe à la serveuse.

· · • • ·

Cette nuit-là fut très chaude. Le vent agitait légèrement les palmiers près du bungalow et la mer calme berçait les femmes endormies à proximité. Les draps rabattus, dévêtues à cause du temps, elles dormaient toutes à poings fermés. On entendait au loin de légers carillons qui se balançaient doucement, l'atmosphère nocturne était détendue et calme, malgré cette chaleur. Tout à coup, un bruit d'alarme puissant retentit sans avertissement, brisant la quiétude de la nuit. Son cri répétitif et assourdissant tira rapidement les trois femmes de leur sommeil.

Isabelle, apeurée, se leva d'un bond, tandis que Rachel mit l'oreiller sur sa tête, maugréant quelques paroles inaudibles.

– Qu'est-ce que c'est que ce bruit ? demanda nerveusement Isabelle.

– Je n'en sais rien, répondit Rachel, contrariée. Ça ressemble à une alarme et ça m'empêche de dormir.

Rachel s'assit bien droite dans son lit en soupirant bruyamment.

– Tu as une idée pourquoi une alarme aussi puissante
retentit ainsi au beau milieu de la nuit?

– Non Isabelle, je n'en sais rien! répliqua Rachel, impatiente.
Mais si je trouve celle qui l'a déclenchée, elle va passer
un mauvais quart d'heure.

Les pas de Thalia se firent entendre à l'étage, puis elle vint ouvrir
la porte de leur chambre. Son visage semblait plus calme que celui
des deux jeunes filles. Dans la pénombre, elle demanda:

– Est-ce que tout va bien ici?

– Oui, mais nous avons été réveillées en sursaut.

– C'est quoi tout ce boucan? demanda Rachel, toujours
un peu bourrue.

– Que crois-tu qu'il se passe, un accident, un feu, ou plus
grave? demanda Isabelle, que la panique commençait à
gagner.

Thalia s'approcha du lit.

– Calme-toi chérie, ce n'est sûrement rien de bien grave,
sinon le téléphone aurait déjà sonné.

– Ah! bon, répondit Rachel, je nous voyais déjà quitter la
zone.

– Rassurez-vous, il s'agit d'une alarme permettant de mettre
en état d'alerte maximale toutes les patrouilles de nuit.

– Et tous les citoyens au passage, marmonna Rachel.

– Alerte maximale? Qu'est-ce que ça signifie? interrogea
Isabelle.

– Il y a sûrement eu une tentative de fuite ou quelque
chose du genre. Ne vous inquiétez pas, cela arrive très
rarement et tout sera terminé très vite.

À ces mots, l'alarme cessa subitement son vacarme.

— Voyez, les équipes de sécurité doivent avoir arrêté le coupable ; vous allez pouvoir vous rendormir, les rassura Thalia.

— Qu'arrive-t-il aux fugitifs ? demanda Isabelle.

— Habituellement, ils sont exécutés le lendemain par intraveineuse.

Les deux jeunes femmes laissèrent échapper un cri de surprise. Il fallait être fou pour vouloir s'enfuir, surtout que les chances d'y arriver étaient nulles.

— La peine de mort ? murmura Isabelle, sous le choc.

— Oui, c'est le seul châtiment qui existe pour les mâles qui tentent de s'enfuir. Thalia se dirigea vers la porte. Bon. Demain, une autre grosse journée nous attend, alors essayez de dormir.

Thalia laissa les deux amies seules. Rachel se rendormit presqu'aussitôt, tandis qu'Isabelle, couchée sur le dos, laissait son regard errer dans les ombres du plafond, pensive. Tant de choses se passaient en si peu de temps dans cette Zone ; tout cela était bien préoccupant pour l'esprit curieux de la fille de la Guide suprême.

Le jour se pointa plus vite que ne l'aurait voulu Isabelle, qui avait à peine dormi depuis l'alarme. Pénélope venait encore une fois les chercher ce matin-là. Lorsqu'elle se présenta au bungalow, elle n'avait vraiment pas son air confiant et jovial habituel. Un silence lourd régna durant une bonne partie du trajet de limousine jusqu'au Centre de reproduction. Mais, n'y tenant plus, Isabelle finit par demander doucement :

— Pénélope, tu n'as pas dit un seul mot depuis le début du trajet. Est-ce que cela aurait un rapport avec ce qui s'est passé hier soir ?

Pénélope les regarda et leur fit un faible sourire.

— Je suis simplement un peu triste, mais ne vous en faites pas avec cela…

— Tu es triste pour l'exécution d'un fuyard ? s'enquit Isabelle.

Pénélope la regarda dans les yeux.

— Non, bien sûr que non, c'est qu'il n'était pas seul.

— Tu veux dire qu'ils étaient plusieurs à vouloir s'enfuir ? demanda Rachel.

— Non, c'est une gardienne qui a voulu l'aider.

— Que va-t-il lui arriver ? s'inquiéta Isabelle.

— Elle sera exécutée avec lui, c'est la loi.

— Mon Dieu ! La pauvre…

— Tu sais, Isabelle, elle savait très bien ce qu'elle faisait, ça a été une grosse erreur de sa part de s'impliquer là-dedans. Pénélope faisait visiblement un effort pour empêcher sa voix de trembler.

Rachel approcha une main pour la réconforter.

— Tu sembles affectée par la situation ; est-ce que tu la connaissais ?

— Oui, c'était une amie proche, mais, à mon grand regret, en agissant ainsi en traîtresse, je dois dire qu'elle mérite ce châtiment…

Le reste du trajet se fit dans un silence encore plus pesant qu'au début. Chacune était perdue dans ses pensées. Celles d'Isabelle se remémoraient les événements de la veille. Finalement, la voiture s'arrêta devant le grillage qui les mènerait à l'intérieur de l'enceinte du Centre. Profitant de cette diversion, Isabelle et

Rachel échangèrent quelques inquiétudes au sujet de leur guide, qui semblait très peinée malgré ses propos rationnels. Quelques minutes plus tard, c'est une Lucy pourtant calme et résolue qu'elles rejoignirent dans une sorte d'antichambre dotée d'une vitre-miroir blindée.

— Nous voici, Madame, annonça Pénélope.

— Parfait ! répondit Lucy. Vous êtes juste à temps pour le spectacle ! Tu as de la chance, Isabelle, d'assister à tout ça pour ton travail.

Isabelle et Rachel regardèrent par la vitre et virent une pièce aussi rutilante qu'une salle d'opération. Quatre tables immaculées se dressaient devant elles, un système d'intraveineuses partait d'un panneau de contrôle au centre de la pièce et reliait les quatre tables. L'avantage de cette installation, c'est qu'elle permettait le dosage et le déclenchement simultané du poison. Elles comprirent qu'elles allaient assister à une exécution. Pendant que Lucy les fit asseoir en leur expliquant le déroulement de la procédure, les condamnés firent leur entrée. L'homme fut le premier à être attaché à une table, les mâchoires crispées, le regard vide. Une femme le suivait, plus petite. Ses longs cheveux bruns tombaient sur ses épaules courbées ; elle semblait dévastée. Elle éclata en sanglots, puis se laissa immobiliser sur une table éloignée de l'homme, pour éviter tout contact. Avant de s'étendre, elle leva les yeux vers le miroir, ce qui arracha un gémissement à Pénélope, qui sortit rapidement de la pièce. Lucy eut l'air peiné pour elle.

— C'était son amie… mais nos règlements sont stricts et il n'y a pas de passe-droit quand il s'agit d'évasion. C'est un crime impardonnable et le seul châtiment possible est la mort, dit-elle.

Les deux détenus furent ensuite attachés aux chevilles, aux poignets et aux épaules. Résignés, ils n'opposaient plus la moindre résistance.

Satisfaite, Lucy composa depuis son siège un code qui ouvrit une lumière dans la salle, afin d'autoriser l'exécution. On vit alors une femme s'approcher du panneau central. Lucy affichait une attitude dégagée, attendant la suite sans émotion apparente. Isabelle et Rachel gardèrent le silence, et, tandis qu'Isabelle observait nerveusement la scène, Rachel, immobile, patientait. Des bras robotiques remplirent les doses létales indiquées pour chaque prisonnier. Le cœur d'Isabelle se serra à la vue de leurs visages apeurés qui se cherchaient du regard.

> — Est-ce que l'amour signifie de sacrifier sa vie pour l'autre sans penser aux conséquences ? murmura-t-elle.

> — Tu penses tout haut ma puce, mais si tu veux mon avis, nous avons de la chance de ne pas avoir connu l'amour d'un homme dans le passé, si c'est pour finir comme ça… Que Dieu nous en préserve ! dit Rachel en détournant le regard.

Le liquide transparent contenu dans les seringues fut relâché dans les veines des condamnés. Dans un ultime sursaut de désespoir, on entendit les gémissements de la femme pleurant son amour impossible. Elle rendit son dernier souffle quelques secondes plus tard. Les seringues étaient maintenant vides. Émue et horrifiée par le spectacle, Isabelle sortit de la pièce, les larmes aux yeux. Rachel fixait toujours la scène dans un état semi-hypnotique ; elle tenta de retenir son amie.

> — Attends Isabelle, c'est presque terminé, tu vas manquer la fin…

Apercevant les larmes d'Isabelle, elle comprit que cette dernière était bouleversée et se mordit la lèvre inférieure, comprenant son erreur.

Lorsque l'on débrancha les morts et qu'on les emporta, Lucy s'adressa enfin à Rachel :

— Voilà, c'est terminé. Va retrouver Pénélope et Isabelle et changez-vous les idées. Mais dis à Isabelle de me venir me rejoindre ici dans 20 minutes pour la faveur dont nous avons discuté hier. Désolée pour cet affligeant spectacle, mais cela fait partie de la réalité et il ne faut pas fuir cette réalité lorsqu'elle se présente à nous.

Rachel leva la main.

— Ne soyez pas désolée, je suis tout à fait d'accord avec ces procédures On se retrouve plus tard, d'accord ?

— J'admire ton sang-froid, tu aurais fait une très bonne employée, jugea Lucy.

Rachel la remercia et elles quittèrent ensemble la salle d'exécution. Lucy s'excusa aussitôt, pour retourner rapidement à ses tâches urgentes. Les lumières se fermèrent dans la salle redevenue immaculée, effaçant ainsi toutes traces de la sentence qui venait d'être accomplie.

Une femme en uniforme informa Rachel que Pénélope et Isabelle se trouvaient dans la salle de réunion du troisième étage. Rachel suivit les indications de la garde et pénétra dans une pièce de sept mètres carrés où régnait un silence absolu. La seule lumière disponible provenait d'une fenêtre contre laquelle se tenait appuyée une Pénélope vraiment très triste. Isabelle, quant à elle, était assise à une table, visiblement affligée.

— Vous voilà toutes les deux ! Je vous ai cherchées partout ! se plaignit Rachel. Heureusement que j'ai croisé une gardienne qui m'a indiqué où vous étiez.

Les deux filles se retournèrent sur les paroles de Rachel, qui alla s'asseoir près de son amie.

— Lucy fait dire qu'elle t'attend dans vingt minutes devant la salle d'exécution.

Comme Isabelle ne répondait rien, Rachel insista.

— Isabelle ? Tu m'as entendue ?

— Hein ? Heu… oui, j'y vais…

Elle se leva subitement, mais avant qu'elle n'atteigne la porte, la voix de Rachel la retint.

— Tu crois qu'après ce dont nous venons d'être témoins, ça vaut encore le coup de voir un homme en chair et en os, Isa ?

Surprise, cette dernière se retourna et regarda son amie dans les yeux.

— Pourquoi tu me demandes ça ? Tu me fais confiance, ou non ?

— Ce n'est pas en toi que je n'ai pas confiance, c'est en eux, les mâles…

— Ne t'inquiète pas pour moi, je serai de toute façon sous haute surveillance. Reste un peu avec Pénélope, d'accord ? Elle semble avoir besoin de réconfort.

Isabelle sortit précipitamment de la pièce, les laissant ensemble. Rachel se leva et s'approcha de Pénélope, qui l'observait du coin de l'oeil, malgré sa détresse. La fenêtre ouverte derrière elle donnait sur des arbres et laissait entrer les bruits du monde extérieur. Rachel s'assied sur le rebord. Pénélope l'imita.

— Est-ce que ça va ?

— Oui, ça va aller Rachel, merci.

— Que dirais-tu d'aller prendre l'air ? Je vois un parc juste en bas ; on pourrait aller s'y promener.

— D'accord, allons-y.

Pendant que les deux filles se dirigeaient vers la sortie pour aller humer l'air du parc, Isabelle se rendait à son rendez-vous avec la directrice en chef de la Zone Y.

Lorsque la jeune fille retrouva Lucy au point de rendez-vous, cette dernière l'entraîna tout de suite vers une zone qu'elle ne connaissait pas. Elles prirent un ascenseur où un code compliqué et une clé étaient requis. Elles se dirigèrent ensuite vers la zone où se trouvaient les laboratoires souterrains qui développaient le sperme de synthèse. Rendues au niveau cinq, elles arrivèrent à ce qui semblait être une rame de métro. De petite taille et entièrement électrique, on aurait dit que le véhicule les attendait. Il permettait de faire la navette entre la zone centrale et la maison-mère, qu'elles avaient visitée à leur arrivée. Le trajet prenait environ 5 minutes et était réservé à certains membres du personnel. Lorsqu'elles atteignirent la maison-mère, elles franchirent de nombreux contrôles de sécurité avant de retrouver enfin le bureau de Lucy. Dans une vaste salle vitrée trônait un bureau en pin massif verni, complété d'une chaise confortable. Quelques plantes étaient accrochées çà et là, de même que des photos de Lucy dans sa jeunesse, avec ses amies. Sur le bureau, aucun papier, seule une petite boîte blanche comportant un seul bouton. On pouvait y lire l'inscription suivante: «Windows XP Adamantin». Un tube noir long d'une vingtaine de centimètres qui épousait le bord du bureau était relié à cette petite boîte blanche. Lucy s'installa sur sa chaise, laissant Isabelle regarder les photos de sa mère. Elle enclencha le bouton, qui fit apparaître un environnement d'ordinateur en trois dimensions au-dessus du tube noir en question. Il s'agissait d'une image holographique et interactive de l'ordinateur. Au bout de quelques secondes, Lucy commença à toucher l'écran virtuel afin d'ouvrir diverses fenêtres qui lui donnaient accès à plusieurs dossiers codés et sécurisés.

– Isabelle?

Cette dernière sursauta, tant elle était absorbée dans la contemplation d'une photo de sa mère datant du début des années 2015.

— Tu peux venir, tout est prêt.

Isabelle replaça la photo pour venir s'installer derrière la directrice et face à l'hologramme. Elle y aperçut les nombreuses fiches signalétiques des hommes qui se trouvaient au Centre de reproduction. Lucy se leva et laissa la place à Isabelle en lui expliquant comment visualiser les fiches et comment les sélectionner avec ses mains. Pour les éliminer, il suffisait de les saisir et de les sortir de l'écran. La méthode était simple et rapide. Pendant qu'Isabelle visualisait le tout, Lucy fit plusieurs téléphones et s'installa pour travailler à la table de conférence située dans la pièce adjacente. Au bout d'un certain temps, Isabelle ne trouvant pas ce qu'elle cherchait, elle décida de demander l'aide de Lucy. Sur le pas de la porte voisine, elle l'interpella :

— Excuse-moi de te déranger, mais je n'arrive pas à trouver quelqu'un d'intéressant, ils sont soit trop vieux ou trop violents.

— Que dirais-tu si on faisait une recherche par critères détaillés ?

— Très bonne idée.

Lucy fit apparaître un menu par arborescence et un formulaire de critères de sélection s'ouvrit dans un coin de l'écran.

— Alors, que cherches-tu exactement ?

— Quelque chose qui se rapproche de ma propre réalité, par exemple. On peut choisir son âge ?

— Bien sûr ! Entre 25-35 ans, ça te va ?

— Oui, c'est parfait !

– Caucasien… Europe du Nord ?

– Oui, excellent.

Elles continuèrent à remplir une série de paramètres. Quelques instants plus tard, elles épluchèrent une cinquantaine de profils.

– On peut revenir sur le numéro 20456B ?

– Voilà… Il s'appelle Tristan, a 27 ans, il est châtain clair, mesure 1m80… Attends ! Son profil psychologique indique une nature rebelle. Lucy se tourna vers Isabelle. Je ne crois pas que ce soit une bonne idée, car il risque de ne pas vouloir répondre à tes questions.

Mais Isabelle avait fait son choix.

– Je crois que je saurai le faire parler, ne t'inquiète pas

– Tu es certaine ? Tu n'auras que cette unique occasion, quoi qu'il arrive.

– Oui, j'ai déjà pris assez de ton temps, Lucy ; il sera parfait, insista Isabelle.

– Très bien, alors. Je donnerai mes instructions en zone 18 pour qu'on l'amène en section interrogatoire. Pour ta sécurité, il sera attaché. Alors, ne sois pas surprise ; une gardienne restera dans la pièce et deux autres seront postées à l'extérieur.

– Merci. Je dispose de combien de temps ?

– Un quart d'heure, comme convenu.

Isabelle rayonnait, oubliant presque les événements du matin. Enfin, elle allait pouvoir poser toutes ses questions et assouvir sa curiosité ! En faisant le chemin inverse vers cette expérience unique, elle sentit subitement une forte excitation doublée de nervosité monter en elle.

•• • • ••

Rachel et Pénélope se promenaient tranquillement dans le vaste parc attenant au Centre de reproduction. Les immenses arbres leur procuraient une ombre bienvenue ; seuls quelques rayons de soleil filtraient jusqu'à elles. Rachel vit quelques chauves-souris s'envoler, nombreuses à ce qu'on lui avait dit à cette période de l'année. Les deux jeunes femmes s'installèrent d'un commun accord au pied d'un arbre majestueux. L'atmosphère était douce et très agréable. Allongée, Pénélope parla doucement.

— Tu sais, si je suis triste aujourd'hui ce n'est pas seulement à cause de l'exécution de mon amie, mais parce qu'elle m'avait fait une promesse qu'elle n'a pas tenue.

— Laquelle ?

— La fidélité… même si nous ne nous voyions qu'une fois de temps en temps, nous avions convenu que nous étions ensemble. Cela faisait près de deux ans.

— Je suis désolée Pénélope, je comprends mieux ton émotion.

Cette dernière se releva sur un coude pour regarder Rachel.

— Arrête d'être désolée, ce n'est pas de ta faute ! Sur ces mots, elle s'assit, avant de reprendre, avec une pointe de curiosité dans la voix : dis-moi, Isabelle et toi, c'est du sérieux ?

Rachel pouffa d'un rire sincère.

— Isabelle et moi ? Non, vraiment pas, nous sommes comme des sœurs ! Johanna m'a recueillie et élevée quand ma mère est morte d'un cancer lorsque j'avais quatorze ans.

— Je me disais aussi…

Un silence gêné s'installa. Assises dans l'herbe, toutes deux contemplaient la cime des arbres. La brise soulevant la chevelure de Pénélope, le chant des oiseaux, la chaleur étaient autant d'éléments qui rendaient l'endroit terriblement romantique aux yeux de Rachel.

– Rachel ?

– Mmmh ?

– As-tu eu des relations sérieuses de ton côté ?

– Quelques flirts en discothèque, quelques rapprochements, mais jamais rien de bien durable. Je n'ai jamais fait l'amour non plus, si c'était là ta question, continua-t-elle, un sourire espiègle aux lèvres.

Pénélope lui rendit son sourire. Rachel se permit alors de replacer une de ses mèches brunes et remarqua avec plaisir que Pénélope semblait un peu moins triste. Elle entrouvrit légèrement les lèvres pour dire quelque chose, mais lorsque la jeune Espagnole se rapprocha, Rachel se sentit comme instantanément envoûtée par son charme. Pénélope en profita pour venir encore plus près et lui murmura à l'oreille : tu es magnifique, Rachel, tout simplement magnifique…

Souriant et la fixant dans les yeux, Rachel répondit à son tour spontanément :

– Je te retourne le compliment Pénélope ; je disais justement hier aux autres à quel point tu es une femme superbe et tellement confiante.

– C'est flatteur de ta part.

Sur ces mots, Pénélope se mit à caresser doucement les cheveux de cette belle étrangère qui l'attirait tant. Sa main vint se poser sur le visage de Rachel, qui ferma les yeux un instant pour mieux savourer le moment. Elle sentit ensuite les lèvres de Pénélope se poser sur sa joue. Sa voix douce et sensuelle résonna à son oreille.

— Permets-moi de goûter tes lèvres…

Frémissante et on ne peut plus consentante, Rachel reçut ce baiser avec douceur. Il lui procura un délicieux frisson.

— Je me suis sentie jalouse d'Isabelle dès la première fois que je t'ai vue, avoua Pénélope…

— Chut… embrasse-moi, plutôt! Rachel passa un bras autour du cou de Pénélope pour la faire taire et l'attira à elle.

Les deux jeunes filles s'enlacèrent sous le couvert des arbres et s'embrassèrent tendrement. Tout à coup, dans la tête de Rachel, il se passa quelque chose, comme un doute qui la secoua de la tête aux pieds. «Mais qu'est-ce que je fais là?» se demanda-t-elle brusquement. Elle se dégagea à regret de l'étreinte de Pénélope. Surprise, cette dernière lui demanda ce qui se passait. Hésitante et mal à l'aise, Rachel lui avoua qu'il valait mieux qu'elles en restent là. L'autre voulut savoir si elle avait fait quelque chose de mal.

— Non, non, tu es tellement séduisante… Je préfère qu'on s'arrête ici.

Accusant le coup, la voix de Pénélope se fit plus dure qu'elle ne l'aurait voulu.

— Tu as raison! C'est peut-être mieux ainsi. J'ai toutes sortes de choses à terminer et si on nous surprenait ensemble durant les heures de travail, ça irait mal pour moi.

Sur ce, elle se leva et quitta le parc à grandes enjambées, visiblement mécontente.

Rachel voulut la rappeler, mais la peur la fit renoncer. En soupirant, elle se maudit.

— Quelle idiote je fais!

•• • ••

Son cœur battait à tout rompre dans sa poitrine. Isabelle ne se souvenait pas d'avoir été aussi nerveuse de toute sa vie. Devant une porte qui lui semblait immense, elle prit une grande inspiration avant de la pousser. Elle pénétra dans la salle d'interrogatoire qui n'avait rien de chaleureux en tâchant de contrôler sa fébrilité du mieux qu'elle pu. Sanglé aux poignets et aux chevilles, l'homme assis sur une chaise au bout de la pièce croisa un bref instant le regard vert profond d'Isabelle. Mal rasé, les cheveux en bataille, il semblait vraiment se demander ce qu'il faisait là. La jeune femme, impassible en apparence, vint s'asseoir en face de lui. Une minute passa en silence, tous deux s'observant avec méfiance. Rassemblant tout son courage, Isabelle se décida à briser la glace et à poser sa première question.

— Bonjour, vous êtes Tristan, n'est-ce pas ?

— Oui, et alors ? C'est pour me demander ça que tu m'as fait venir ici ?

Sous le choc d'une telle brusquerie, Isabelle reprit complètement ses esprits. Avec assurance et en haussant un peu le ton, elle poursuivit.

— Je te prie d'éviter d'être agressif avec moi, car d'un claquement des doigts je peux te faire retourner d'où tu viens.

Piqué au vif par cette remarque, Tristan la gratifia d'un regard noir.

— C'est une menace ?

Isabelle, tout à coup sûre d'elle, répliqua du tac au tac.

— Non. Une promesse !

Il y eut un léger silence, après quoi Tristan demanda, un peu moins abruptement :

> — Pourquoi suis-je ici ?

> — Je t'ai fait venir, car je prépare un mémoire de maîtrise sur la Zone Y. J'attends de toi que tu répondes à mes questions et que…

Il la coupa sans la moindre politesse et avec un sourire narquois.

> — Ah ! Je vois… on a un travail de fin d'études… La demoiselle veut réussir sa vie ? Puis, se penchant en avant, il poursuivit : J'y gagne quoi, moi, à participer à ton étude, hein ? Tu veux vraiment savoir comment nous sommes traités ici ?

Rachel ne se laissa pas démonter.

> — Tu pourrais te montrer un peu plus aimable, quand même ! lui répondit-elle, sentant la moutarde lui monter au nez.

> — Aimable ? Avec une femme ? Tu veux rire ! Il s'emporta brusquement. Tu ne penses quand même pas que je vais me mettre à tes pieds ? Après nous avoir massacrés de manière totalement déloyale avec votre saleté de virus, vous nous avez ensuite asservis comme des bêtes !

Il s'était levé, bouillant de colère.

> — Vous nous reprochez ce que nous sommes, mais regardez-vous donc ! Vous avez des milliards de morts sur la conscience et ce seraient nous les meurtriers ? Va donc au diable, tiens !

La gardienne était déjà derrière lui, prête à le maîtriser, mais Isabelle lui fit signe que tout allait bien. Elle s'adressa à Tristan.

— Assis-toi ! lui dit-elle, autoritaire. Vous, les hommes, semblez plus impulsifs et emportés que j'aurais pu croire. On vous dépeint comme des monstres et vous venez de m'en fournir la preuve !

Tristan la regarda, les sourcils froncés ; la naïveté de cette fille le mettait en colère. Entre ses dents, il lui dit :

— Nous traiter comme du bétail et ensuite nous promettre des vacances au soleil, alors que nous ne sommes plus bons à rien, ce n'est pas monstrueux d'après toi ? Il est temps que tu ouvres les yeux, jeune fille ! Vous êtes pires que nous, vous avez un fort instinct destructeur et ensuite vous vous voilez la face avec complaisance !

Ce fut au tour d'Isabelle de se lever, bouleversée.

— Assez ! Ça suffit ! J'aurais mieux fait de ne jamais venir.

Une larme brilla au coin de ses yeux, qu'elle essuya rapidement du revers de la main. Tristan, tout à coup fasciné, comprit qu'il était allé trop loin. Il continua néanmoins d'une voix basse, sans pour autant s'adoucir.

— Tu as tout compris, jamais un pareil endroit n'aurait dû exister.

Elle lui tourna brusquement le dos et décida de regagner la sortie. Avant qu'elle l'atteigne, Tristan l'interpella de nouveau.

— Attends. Tu pourrais au moins me dire ton nom…

Elle tourna la tête vers lui et son nom s'échappa malgré elle de ses lèvres. Il l'arrêta de nouveau.

— Isabelle ? Écoute Isabelle, si tu as envie de me poser d'autres questions, viens me voir, je vais y répondre maintenant, si tu veux…

Malgré sa contrariété, elle décida de rester et retourna à son siège. Ensuite, Tristan lui demanda plus calmement ce qu'elle voulait savoir.

— Excuse-moi, mais je n'ai pas l'habitude de parler à une femme dans cette situation qui est, somme toute, assez particulière et fort humiliante, tu ne trouves pas ?

— Tu as raison : je me sens très mal à l'aise, car c'est une première pour moi aussi, répondit Isabelle.

— Je comprends. Tu sais, je ne pense pas que vous ayez fait le bon choix en nous excluant de la société. J'ai beau essayer de comprendre, malgré le fait que nous sommes pour la plupart responsables de toute cette violence ; mais, regarde autour de toi : penses-tu que votre nouveau système sera tellement mieux ? Crois-tu vraiment qu'il ne se produira plus rien de négatif pour l'humanité ? Qu'à un moment donné, aucune d'entre vous ne fera la guerre pour prendre le contrôle de ce que vous appelez le Nouveau Monde ?

— Je pense que nous n'avons pas les mêmes buts dans la vie, répliqua la jeune femme. Faire la guerre, prendre le pouvoir, savoir qui est le plus fort, et j'en passe. C'est davantage dans vos gènes que dans les nôtres, apparemment. Nous en faisons la preuve depuis plusieurs décennies, non ?

Tristan resta silencieux un long moment, ce qui mettait Isabelle encore plus mal à l'aise.

— C'est dans nos gènes ? La prise de pouvoir ? Hum ! Isabelle, voyons ! C'est toi qui me parles da ça. Ha ! Ha ! Ha ! Elle est bien bonne !

Isabelle ne savait pas trop quoi dire tandis que Tristan la fixait droit dans les yeux, au point que cela finit par la faire rougir. Une sensation qu'elle n'avait jamais connue auparavant lui parcourait le corps, ses mains devenaient moites, ses battements cardiaques s'accéléraient et elle ne savait pas pourquoi. Soudain, Tristan prit la parole, pour chasser le malaise.

— Isabelle, es-tu encore ici, avec moi?

— Oui, mais je suis désolée, il faut que je parte.

— Mais tu n'avais pas des questions à me poser? Est-ce que j'ai dit quelque chose qui aurait pu te vexer?

Isabelle détourna son regard, elle se leva calmement, puis tourna le dos à Tristan.

— Non, tu ne m'as rien dit qui aurait pu me vexer. Je dois partir, c'est tout.

Tristan la regardait avec intensité.

— Alors, prends bien soin de toi, Isabelle. Puis, il ajouta, avec ironie : ce fut un réel plaisir!

Sur ces paroles et sans prendre la peine de se retourner vers lui, Isabelle quitta la pièce avec une curieuse sensation.

Une fois sortie, elle se demandait sans cesse pourquoi elle se sentait ainsi troublée. « Comment se peut-il que je n'arrive pas à le haïr? Moi qui ai toujours détesté ces hommes, pourquoi je n'y arrive pas cette fois, avec lui? »

·· • • ·

Dans deux endroits différents, deux amies marchaient séparément dans les rues achalandées de Sydney, Australie. Leurs visages respectifs traduisaient leurs émotions. La tristesse et la déception durcissaient les traits habituellement si joyeux de Rachel. Tandis que le visage bouleversé d'Isabelle, la plus jeune, semblait à des années lumières de la réalité. Cette drôle de sensation qu'elle avait ressentie à l'égard de Tristan l'avait plongée dans une profonde réflexion. Le ciel s'assombrit tout d'un coup, comme s'il suivait le flot émotionnel de ces deux amies momentanément séparées. Les premières gouttes de pluie les surprirent pourtant en même temps, chacune perdue dans ses pensées. Rachel sortit nonchalamment un parapluie, tandis qu'Isabelle s'arrêta, pour réaliser soudain qu'elle allait être trempée jusqu'aux os. Elle se décida à héler un taxi, qui s'arrêta aussitôt. Au volant, une jeune femme blonde voulut connaître sa destination, alors elle lui indiqua celle du bungalow. Pendant leur trajet de retour, Rachel et Isabelle, toujours chacune pour soi, ressassaient les événements et les émotions vécues plus tôt. C'est l'image de Tristan qui resta accrochée dans la mémoire d'Isabelle lorsqu'elle regarda le taxi repartir vers le centre-ville. De son côté, pourtant, en regardant les gouttes d'eau s'écraser au sol Rachel repensait aux lèvres douces de Pénélope qui avaient effleuré les siennes.

Le téléphone sonna à des milliers de kilomètres de là. Johanna décrocha le combiné après quelques sonneries. Avisant l'heure matinale, elle en conclut que ça ne pouvait être que Thalia.

— Alors, Thalia ? Tout se passe bien ? demanda Johanna en guise de bonjour.

Thalia sourit de son côté avant de lui répondre.

— J'espère que je ne te réveille pas trop ?

— Non, non tu sais bien que je dors peu. Alors ?

— Je te rassure d'emblée : tout va bien.

— Les filles ne te donnent pas trop de soucis ?

— Mais non, comme je te l'ai dit, tout va pour le mieux.

– Merci Thalia! Tu diras à ma fille que je l'aime et qu'elle me manque.

– Elle va sûrement rentrer d'une minute à l'autre, tu veux qu'elle te rappelle?

– Non, je dois aller au bureau, nous avons une réunion très tôt ce matin, pour la procédure d'exécution finale.

– J'ai hâte de rentrer pour pouvoir être à tes côtés durant ce processus.

– Moi aussi Thalia, j'ai hâte que tu sois là, répondit Johanna. Ta présence me rassure.

Un petit moment de silence dura entre les deux femmes, suspendues chacune de leur côté du monde à leur combiné...

– Nous rentrons demain, alors tu m'expliqueras tout par le menu détail, conclut Thalia, avec un enthousiasme un peu forcé.

– Oui, bien sûr, répondit Johanna. Merci encore une fois pour tout!

– Prends soin de toi, Johanna. Je t'embrasse.

Elles raccrochèrent au moment même où Isabelle faisait son entrée dans le bungalow. Sur le seuil de la cuisine, Thalia surprit sa mine basse.

– Alors, cette rencontre? À te voir, on dirait que ça s'est plutôt mal passé?

Isabelle eut le regard comme suspendu dans le vide quelques instants, avant de finalement lever les yeux vers cette femme qu'elle considérait comme sa deuxième mère. Elle prit subitement une décision, tout en marchant vers Thalia. Se préparant mentalement à ce qu'elle voulait lui demander, elle inspira profondément.

– Je dois revoir Tristan, Thalia...

— Quoi?!?

— Je n'ai pas eu vraiment le temps de lui parler.

— Qu'est-ce que tu me racontes là? L'incompréhension se lisait sur le visage de Thalia. Comment ça, tu n'as pas eu le temps?

Isabelle se dandina d'un pied sur l'autre avant de répondre.

— Eh! bien… disons qu'il m'a mise hors de moi et que j'ai quitté la pièce cinq minutes après y être entrée.

Thalia soupira bruyamment en pénétrant dans la cuisine pour s'asseoir à l'îlot central. Isabelle la suivit, vaguement penaude, et se plaça debout en face d'elle. Mais Thalia la voyait venir avec ses gros sabots.

— Isabelle, cette fois-ci, je ne peux rien faire pour toi. On t'a donné ta chance et crois-moi, cela en était toute une! Il s'agissait d'une exception qui ne se représentera plus.

Isabelle se pencha sur le comptoir afin de regarder Thalia dans les yeux.

— J'en suis parfaitement consciente! Il y a une seule question que j'aurais voulu lui poser, une seule.

— Je suis vraiment désolée, ma chérie, mais je doute sincèrement que Lucy accepte que tu puisses le revoir. C'était déjà risqué de le faire; et puis, nous partons demain.

— Raison de plus! répliqua Isabelle. Je te demande cette dernière faveur, juste une dernière fois en dehors des caméras et des gardiennes.

— Tu entends ce que tu me demandes! La voix de Thalia avait grimpé d'un ton. Tu es devenue complètement folle, jamais je ne te laisserais seule avec cet homme!

Isabelle marchait de long en large dans la cuisine, la colère faisant trépigner son corps. Thalia la suivait des yeux, abasourdie par sa réaction.

— Il est différent des autres…

— Isabelle… Tu as promis de respecter les règles, et voilà que tu joues à un jeu très dangereux. Dois-je te rappeler qu'ils vont tous mourir à très brève échéance ?

— Justement, Thalia ! Je veux lui demander une dernière chose avant qu'ils disparaissent tous à jamais. C'est ma seule chance…

La fatigue s'abattit tout à coup sur cette femme qui avait passé toutes ces années à se battre contre l'espèce nuisible entre toutes que sont les hommes. Et voilà qu'en un seul instant, cet individu avait fait naître l'égarement dans un cœur pur et naïf.

— C'est vraiment important pour toi ?

— Oui, je veux poser une question, prendre un court instant avant leur exécution définitive. Je t'en prie, Thalia, tu es mon seul espoir.

— Jamais nous n'aurions dû venir ici ! En plus, je ne peux rien te refuser. Tu es comme une fille pour moi !

— Mais j'ai déjà une mère, et là je parle à l'amie… T'ai-je jamais déçue ? fit Isabelle avec une moue légèrement candide.

Thalia regardait Isabelle, cette grande fille qu'elle avait bercée, consolée ; et maintenant, voilà que, devenue femme, elle lui demandait rien de moins que d'enfreindre toutes les règles. Thalia resta silencieuse quelques instants, puis elle décida d'aider Isabelle.

— Bon, je vais m'arranger pour que tu le voies ce soir, cette nuit… Que ce sois bien claire, Isabelle : ceci doit rester strictement entre nous et à jamais !

— Tu as ma parole, jura la jeune fille, dont les yeux prirent un éclat jusque-là encore inconnu de Thalia.

— Je prends des risques, je vais devoir me débrouiller seule. Je vais te l'amener ici sur la plage, devant le bungalow, près des palmiers, pour que vous soyez à l'abri des regards. À ce moment, tu pourras lui demander ce que tu veux. Mais il va falloir que tu fasses vite. Nous aurons à notre disposition à peine 15 minutes. Est-ce clair ?

— Oui ! Est-ce dangereux pour toi de faire sortir Tristan de sa prison ?

— Je vais me débrouiller, j'ai besoin d'avoir le plus d'informations possibles sur lui pour pouvoir le retracer facilement dans des fichiers informatiques.

Isabelle sortit de sa poche un bout de papier ; il s'agissait de la description complète du détenu, que Lucy avait imprimée pour elle. Comme si la chance était avec elle, elle réalisa soudain que cela allait lui donner un peu plus de temps avec Tristan. Isabelle embrassa sa deuxième mère et fila dans sa chambre pour se changer et se préparer à cette nouvelle entrevue.

Sur l'entrefaite, Rachel entra à son tour dans la maison. Se dirigeant directement vers la cuisine, elle croisa Thalia, qui lui demanda comment s'était passé sa journée. Morose, Rachel lui fit à peine un sourire tout en la rassurant vaguement. En s'arrêtant devant le frigo, elle se versa un verre de jus d'un rouge criard, puis elle passa au salon, où elle ouvrit la télévision sans dire un mot de plus, laissant carrément Thalia en plan.

— Eh! bien, dites donc… Ça aura décidément été toute une journée! Thalia n'en revenait pas.

Sur ce, elle quitta à son tour rapidement le bungalow, ayant un tour de force à organiser en moins de deux.

•• • ••

En cette nuit torride, le bruit des vagues accompagnait les battements de cœur d'Isabelle. Les pieds dans l'eau, ses cheveux clairs se soulevant au rythme d'un vent paresseux et caniculaire, ses yeux demeuraient rivés sur le chemin menant à la plage. Impatiente, elle s'imaginait la réaction du conseil et particulièrement de sa mère s'ils en venaient à apprendre ce qu'elle et Thalia avaient fait. L'idée du châtiment qu'ils réserveraient à Tristan, à Thalia et même à elle lui glaça le sang. Elle chassa ces pensées d'un rapide mouvement de tête. Ce n'était sûrement pas une bonne idée d'imaginer le pire; elle devait absolument rester calme. Elle entendit un bruit près d'elle. Sur ses gardes, elle se retourna et croisa le regard de Tristan qui la détaillait posément dans le clair de lune.

— Tristan? murmura-t-elle.

— Qui d'autre? Désolé de t'avoir fait peur, le bruit de mes pas a été couvert par le sable.

Thalia n'était pas visible, elle était donc seule avec lui. Isabelle se tourna vers l'océan et laissa son regard se perdre vers le large quelques instants, le temps de reprendre ses esprits. Une main puissante se posa sur son épaule, mais la douceur de son geste surprit Isabelle, qui commença à parler.

— C'est une nuit magnifique, n'est-ce pas?

Il se tenait derrière elle, il n'avait qu'à murmurer pour qu'elle l'entende.

— Nous avons une vue exceptionnelle, même en pleine nuit… À ce propos, pourquoi m'as-tu fait venir ici ?

Hésitante, elle se retourna vers lui et finit par le lui avouer.

— Demain je retourne en Zone A et je voulais garder un meilleur souvenir de toi. Je voulais te dire adieu…

Se penchant légèrement vers elle, il lui demanda :

— Tu as pris tous ces risques pour me dire au revoir ? Son visage incrédule essaya de déchiffrer le regard de la jeune fille en face de lui. Il y autre chose, n'est-ce pas ?

— Disons que…

— Oui ?

Elle respira bruyamment et prit son courage à deux mains.

— J'avoue que tout ceci n'est pas innocent, tu es le premier homme que je vois…

— Des millions de femmes de ton âge n'y trouveraient aucun intérêt et elles vivent pourtant toutes très heureuses, répliqua-t-il.

— C'est différent, je suis différente, ma curiosité est si grande qu'une fois nourrie, elle ne s'éteint plus, elle me ronge, lança Isabelle avec une sorte de désespoir dans la voix. Dès que je t'ai vu, j'ai ressenti des sensations qui m'étaient jusque-là inconnues.

Tristan recula de quelques pas. Des pointes de colère perçaient dans sa voix lorsqu'il lui répondit.

— Je t'en prie, sois sérieuse, Isabelle ! Ne viens pas me dire que tu as eu le coup de foudre la première fois que tu m'as vu, moi le premier homme que tu aies jamais croisé ?

Légèrement blessée par l'acidité de sa réaction, elle lui répliqua d'un ton tout aussi tranchant.

— Si ce que je ressens se nomme ainsi, alors oui, j'ai eu un coup de foudre pour toi.

— Interdit, Tristan fixa de nouveau Isabelle, pendant que le vent soulevait ses cheveux et avec eux, un peu de sable. Ils étaient là à se guetter comme deux prédateurs. Tristan parla le premier. Sa voix s'était radoucie :

— Isabelle, tu sais bien que c'est impossible, même l'idée de s'enfuir est inimaginable.

— Je sais, je ne veux pas risquer nos vies inutilement, mais j'avais besoin de te revoir et de te dire adieu.

Un léger silence passa avant qu'il puisse lui répondre.

— Ces quelques minutes sur cette plage, ton visage, tes mots resteront à jamais gravés dans ma mémoire.

Agrippant subitement la taille d'Isabelle, Tristan posa ses lèvres sur celles de la jeune fille. Tremblante, elle voulut lui répondre, mais la voix autoritaire de Thalia sortant de l'ombre les interrompit :

— Ca suffit pour ce soir ! C'est déjà allé beaucoup trop loin. Isabelle, retourne au bungalow, pendant que je reconduis Tristan.

Alors qu'ils s'éloignaient rapidement, Isabelle, troublée, ferma les yeux pour savourer une dernière fois cette courte étreinte. Une nouvelle forme de douleur l'assaillit et c'est avec le souvenir de Tristan et les yeux brillants de larmes qu'elle retourna lentement vers ses appartements.

Les couvertures refoulées au pied du lit, les yeux fixés au plafond, les pensées d'Isabelle ne cessaient de la torturer. Elle tourna la tête pour voir l'heure : trois heures du matin. Aucun moment de répit depuis sa rencontre avec Tristan. Rachel avait aussi un sommeil agité, se retournant toutes les cinq minutes. Isabelle murmura doucement le nom de son amie, et cette dernière se tourna sur le côté pour la regarder.

— Oui, ma puce. Qu'y-a-t-il? Tu n'arrives pas à dormir?

— Tu sembles très agitée dans ton sommeil, Rachel… Il y a quelque chose qui ne va pas?

— Ça va, ne t'inquiète pas, j'ai un terrible mal de tête.

— Ça fait assez longtemps qu'on se connaît pour que je sache qu'il y a quelque chose qui te tourmente, lui rétorqua Isabelle.

Rachel se redressa dans le lit et frappa dans ses mains pour ouvrir la lumière. En ramenant ses genoux vers elle, elle lui avoua les origines de son trouble.

— C'est Pénélope…

Isabelle se redressa à son tour pour mieux l'écouter.

— Nous nous sommes embrassées cet après-midi…

— Et ça ne t'a pas plu?

— Oui, répondit Rachel, sauf que… Ah! et puis, c'est vraiment sans importance.

— Voyons Rachel, je vois bien que c'est important, au contraire!

— Isabelle, c'est toi qui m'inquiètes bien davantage que mon histoire.

— Moi? Comment cela? Pourquoi?

Rachel regarda intensément son amie.

— Ne fais pas l'idiote, voyons. Tu sais très bien où je veux en venir.

Isabelle baissa la tête et serra les mâchoires.

> — Si c'est pour ce qui s'est passé avec Tristan, c'est terminé, je n'ai rien à faire de lui.

> — Ah! oui? Alors, explique-moi pourquoi tu l'as revu cette nuit? Isabelle la regarda, atterrée.

> — Je vous ai vus sur la plage. Tu te préoccupes un peu trop du sort des hommes pour chercher à paraître indifférente; ça se lit sur ton visage, tu ne peux pas le cacher.

Le silence envahit la chambre. Le visage d'Isabelle était éloquent. D'un bond, elle sortit du lit, se tourna vers son amie et avec détermination lui avoua :

> — Tu as raison, je me préoccupe du sort des hommes et je crois que c'est justifié; je pense que ma mère fait une grave erreur en voulant les supprimer.

Elle sortit ensuite rapidement de la pièce en prenant une robe de chambre pour couvrir sa nudité.

> — Qu'est-ce que tu racontes? Isabelle! Où vas-tu?

Elle était déjà sortie et la porte se referma sur l'interrogation de Rachel. Abasourdie par l'attitude d'Isabelle, Rachel resta seule dans le silence plusieurs minutes avant de se lever et de se diriger vers la fenêtre. Tout semblait déraper depuis quelques heures.

Isabelle franchit rapidement le couloir menant à la chambre de Thalia. Elle cogna quelques coups discrets. N'obtenant aucune réponse, elle ouvrit la porte et trouva sa deuxième mère endormie dans son lit. Elle s'approcha, s'assied sur le matelas et, doucement, lui secoua l'épaule droite. En prononça son nom et en répétant son geste, elle parvint à la réveiller. Cette dernière ouvrit enfin les yeux. Lorsqu'elle vit Isabelle près d'elle, elle réussit à peine à articuler, d'une voix endormie :

> — Que se passe-t-il encore?

— Je dois te parler.

Thalia étira son cou pour regarder l'heure et, épuisée, lui demanda :

— Il est trois heures du matin, ma chérie, ça ne peut pas attendre à demain ?

— Non, Thalia c'est trop important…

— Résignée, elle s'assit dans son lit.

— Si tu me dis que c'est à cause de cet homme, je me recouche aussitôt…

— Thalia, je suis certaine qu'on fait une grossière erreur en exterminant définitivement les hommes.

— Isabelle… La voix de la femme était suppliante.

— Sois raisonnable, si ta mère n'avait agit comme elle l'a fait, on ne serait sûrement pas ici à en discuter aujourd'hui.

— Il s'agit d'une nouvelle génération d'hommes, répliqua Isabelle. Je crois qu'ils ont eu leur leçon ; ne peut-on pas leur laisser une chance ?

— L'homme étant ce qu'il est, il aura toujours cet instinct animal, destructeur et barbare.

— Je sais, admis la jeune fille. Mais cette fois, c'est différent, je suis sûre que…

Elle se fit couper par Thalia qui se tira brusquement du lit.

— Nous ne pouvons jamais être sûres de rien avec les hommes… c'est un fait, j'ai vécu avec eux… Sa voix se durcit. J'ai vu ce dont ils sont capables, les guerres, les massacres ; ne comprends-tu pas que nous étions leurs victimes ? Les pires horreurs, ce sont les hommes qui les ont perpétrées. Je peux comprendre qu'aujourd'hui nous en sommes rendues à les réduire à néant.

Isabelle alla rejoindre Thalia et chercha son regard.

— Je te connais aussi bien que ma mère. Tu es contre l'idée de ce génocide depuis le début. Ne me dis pas le contraire.

— Tu devrais aussi savoir que je suis fidèle à Johanna et que je la supporte dans ses décisions... Thalia détourna doucement son regard. Toutefois, il arrive que je me questionne, les hommes ont peut-être reçu la punition qu'ils méritaient. Je me dis que la nouvelle génération, bien encadrée, pourrait peut-être être différente.

— Alors, pourquoi n'en parles-tu pas à ma mère?

Elle ramena son regard sur la jeune fille.

— Pour tout perdre? La confiance de ta mère, toi, mon boulot... ta mère ne recule devant rien et tu le sais très bien. C'est ce qui a fait son succès.

— Je sais bien qu'elle peut sembler inébranlable, mais... Isabelle poursuivit rapidement. Mais si je m'enfuyais avec Tristan, cela pourrait peut-être la faire changer d'avis!

Thalia regarda gravement Isabelle.

— Tu as perdu la tête, ma fille... ta mère n'entendra pas raison et cela risque de te coûter très cher. Tu m'entends? Très cher!

Isabelle prit Thalia par les épaules.

— Je connais ma mère, elle a parfois besoin de situations extrêmes pour réagir et s'ajuster. Si sa fille unique s'enfuit avec Tristan, elle n'aura pas d'autre choix que de s'ouvrir les yeux. Aide-moi, Thalia.

— Crois-tu vraiment que Johanna va changer d'avis par ta fuite? Même si nous arrivions à quitter la zone centrale

avec lui, nous risquons d'être pourchassées et même
exécutées… N'oublie pas qu'il est question aussi du
conseil. Aurais-tu oublié ce conseil, toutes ces femmes
qui y travaillent sont également sans scrupules à propos
du non-respect de ces règles qui sont très strictes !

Soudainement fougueuse, Isabelle s'empressa de répondre.

— Je connais les risques, mais je crois aussi en mes convictions.
Si nous restons cachées, ne fût-ce que quelques jours, ma
mère abdiquera, j'en suis certaine. De plus, le conseil a
toujours suivi ses instincts. Il n'ira pas à l'encontre de
la décision de ma mère si elle change d'avis.

Cette proposition était de la démence pure et Thalia le savait. Les
chances qu'elles avaient de réussir étaient à proprement parler,
inexistantes. Mais l'ardeur d'Isabelle lui rappelait celle de sa mère.
Cette femme qu'elle aimait plus que tout.

— Écoute… laisse-moi réfléchir à tout cela. Nous en
reparlerons demain.

Sans un mot, Isabelle prit Thalia dans ses bras et lui chuchota :

— Merci ! Ça va marcher, je le sais, je le sens !

Isabelle quitta Thalia, qui s'assit au pied du lit en se prenant la
tête entre les mains. « Pure folie ! » sont les mots qui tournaient
et retournaient dans sa tête. Elle devait prendre une décision et
la meilleure cette fois. Pendant ce temps, Isabelle réintégra sa
chambre et fut accueillie par Rachel, qui la toisait, les mains sur
les hanches.

J'ai tout entendu. Ce que j'aime chez toi, c'est ta fougue…
Mais là, Isa, tu dépasses les bornes ! Un sourire se dessina
pourtant sur ses lèvres.

Les deux amies se serrèrent dans les bras.

— Tu peux compter sur moi! affirma Rachel, avec force.

— C'est vrai? Isabelle n'en croyait pas ses oreilles.

— Les hommes sont pour moi inutiles, sans intérêt et ils représentent le passé.

— Alors, pourquoi m'appuyer?

— Parce que tu es comme ma sœur; et si tu crois que les hommes peuvent réintégrer nos sociétés, pour moi tu es la meilleure personne à le savoir et j'ai confiance en toi.

— Oh! Rachel, ça me touche beaucoup ce que tu me dis là!

Elles s'étreignirent de nouveau et les larmes leur montèrent aux yeux. La nuit fut donc de courte durée.

••••

C'est vers l'immense édifice de la maison-mère qu'Isabelle, Rachel et Thalia marchèrent anxieusement tout en se remémorant le plan qu'elles avaient adopté. Chaque étape était importante et la prudence était primordiale. Le matin même, Thalia était venue réveiller les deux filles en leur expliquant ce qu'elles allaient faire. Elle s'assura qu'Isabelle et Rachel étaient prêtes à assumer les conséquences des événements qui allaient suivre. Quelques heures plus tard, elles se retrouvèrent sur la scène où tout allait se jouer.

Isabelle se tint prête à proximité de la bâtisse, dans une ruelle dénuée de caméras. À son oreille, la voix de Thalia résonnait encore. «Tu dois te rendre au douzième étage, à la salle 38; sur l'ordinateur qui s'y trouve, tu entres le mot de passe LOTUS, comme la fleur…» Regardant sa montre, elle sortit sur le trottoir et se mit à marcher en direction de l'entrée principale. Passant sans problème les postes de sécurité grâce à son statut de visiteuse spéciale, elle se dirigea vers les ascenseurs. En y pénétrant, elle appuya sur le bouton douze.

Essayant de garder l'air détendu, son cœur s'accéléra néanmoins lorsque les portes s'ouvrirent. Elle traversa une série de bureaux où elle salua quelques employées, qui pensèrent qu'il s'agissait d'une nouvelle recrue. Avec l'extermination qui arrivait à grand pas, de l'aide supplémentaire était bienvenue. Tout en longeant le couloir que lui avait indiqué Thalia, elle trouva la salle 38. Avec prudence, elle franchit la porte et s'assit devant l'ordinateur. Elle se remémora la suite des consignes. « …ensuite, tu faxeras la fiche de Tristan sur l'ordinateur de contrôle des sorties et tu y ajouteras une demande de mutation au bloc interrogatoire. Nous t'attendrons au Bloc 16, celui du contrôle des caméras. » Lorsque cela fut fait, Isabelle rebroussa chemin et atteignit les ascenseurs sans que personne ne remarque sa présence. Elle se rendit à la salle où ses deux amies l'attendaient. La pièce était grande et remplie de matériel vidéo de toute sorte. Thalia était occupée à trafiquer les caméras dans les zones où elles devaient se rendre. Elle y repassa les images du petit matin, ce qui leur laisserait assez de temps pour s'évader et rejoindre la brousse. Thalia se tourna vers Rachel :

– À toi de jouer maintenant !

Rachel sortit et se rendit au bureau de Pénélope pour appeler le poste de garde de l'aile EST dans la zone principale ; le numéro en mémoire, elle accéléra le pas, espérant que Thalia avait dit vrai. Elle lui avait certifié que les gardiennes n'avaient jamais vu Pénélope et avaient rarement entendu sa voix. Elles verraient un appel de son bureau et la confirmation de sortie, sans chercher à en savoir plus. Une fois à l'étage, Rachel fit mine de livrer un colis à Pénélope, mais dès qu'elle fut à l'intérieur de son bureau, elle appuya plutôt sur un panneau mural. En prenant une grande inspiration, elle y prit le téléphone et rejoignit le poste de garde de l'aile EST.

Isabelle était nerveuse à coté de Thalia et avait sans cesse des questions qui tournaient dans sa tête : « … et si cela ne fonctionnait pas ?… et si on se faisait prendre ?… et si… »

— Isabelle, calme-toi, lui intima Thalia. Tu lui as bien expliqué comment prendre le métro qui relie les deux édifices et Rachel a tout ce qu'il faut, les codes et la clé. En plus, elle est meilleure comédienne que toi, alors détends-toi. Nous allons la rejoindre à l'extérieur bientôt.

Une gardienne était postée devant l'aile EST. Comme convenu, Rachel se présenta sous le nom de Pénélope. Par la fenêtre sur sa droite, elle aperçut la brousse au-delà de la cour extérieure. Tristan était menotté. Il la regarda, tout à coup curieux. Elle commanda à la femme de le libérer de ses entraves et la remercia en lui affirmant qu'elle s'occupait maintenant du détenu. Le prenant durement par le bras, elle lui ordonna de se tenir tranquille et l'entraîna fermement d'un pas rapide. Tristan n'avait prononcé aucune parole, mais il fronça les sourcils quand il la vit sortir une carte du bâtiment de sa poche. Rachel repéra son point de rencontre à l'extérieur et y amena le prisonnier. Comme ce dernier allait lui poser une question, elle lui ordonna de se taire et de la suivre rapidement. Tristan décida de lui obéir.

Rapidement, Isabelle et Thalia ressortirent du bloc 16 pour se rendre aux étages inférieurs de l'immeuble, dans un des stationnements souterrains où étaient garés plusieurs véhicules de courtoisie identifiés au nom de la compagnie. Thalia déclina son identité à l'ordinateur d'entrée et elles y pénétrèrent sans difficulté. Elles devaient faire vite, car les caméras reprenaient du service dans moins d'une demi-heure. Les deux femmes s'installèrent dans un petit véhicule aux vitres teintées que Thalia avait réservé le matin même. En cinq minutes, elles se retrouvèrent près du parc attenant au Centre de production et contournèrent la zone centrale pour se retrouver du côté des baraquements des détenus. Elles empruntèrent une étroite ruelle sombre munie d'une passerelle. Thalia sortit sa carte passe-partout et elles se retrouvèrent à l'arrière d'une vieille aile peu utilisée. C'est près des conteneurs à déchets dangereux qu'elles devaient toutes se rencontrer. Peu de gens fréquentaient l'endroit, sauf les récupératrices de déchets, et aucune caméra ne s'y trouvait. La porte située à quelques mètres d'eux était une des seules dépourvues d'alarme dans toute la zone centrale et c'est par là que Rachel et Tristan devaient arriver. À peine les deux femmes étaient-elles descendues du véhicule que la porte s'ouvrit. Contre toute attente, une alarme assourdissante retentit, Rachel et Tristan s'arrêtèrent et aperçurent Isabelle et Thalia sous le choc. Se reprenant rapidement, Thalia hurla pour couvrir le bruit :

> — Vite, courez, courez le long de cette ruelle, premier couloir à gauche. Viiiite…

Tous se mirent à courir à perdre haleine…

⋯ • • • ⋯

Dans son luxueux salon, Lucy était assise à une énorme table en bois, affairée à remplir, comme à son habitude au petit matin, un monticule de paperasse administrative. Elle s'était installée avec un café qui fumait encore lorsque l'alerte maximale se fit entendre. Levant la tête vers un écran au plasma près de la fenêtre, une grimace de frustration se dessina sur son visage. Elle se leva et écrasa un bouton pour faire afficher à l'écran ce qui avait bien pu déclencher l'alerte maximale, espérant qu'il ne s'agissait pas encore d'un exercice. Pénélope apparut, le visage grave.

> — Madame, désolée de vous déranger chez vous, mais une personne s'est introduite dans mon bureau et a donné l'ordre de faire sortir un homme.

> — Quoi ? Est-ce vous qui avez déclenché l'alarme ?

> — Non, je me rendais plus tôt ce matin à mon bureau et ma secrétaire m'a dit avoir vu une étrangère livrer un colis suspect à mon bureau.

Lucy, soudainement irritée, questionna son employée.

– Comment a-t-elle fait pour passer la sécurité ? Que disent les caméras de surveillance ?

– Qu'il n'y a eu aucune activité ce matin ; on ne voit personne franchir la porte de mon bureau.

– Elles ont dû trafiquer les caméras ! Comment ont-elles pu réussir… Pénélope, qui est l'homme qu'on a fait sortir ?

– Attendez, je vérifie… Pénélope pianotait sur son clavier. Elle s'exclama rapidement. Oh !

– Que se passe-t-il ?

Comprenant toute l'implication de ces deux syllabes, Pénélope lui dit d'une voix soucieuse :

– Tristan…

– C'est ce que je pensais, une seule personne ne pouvait avoir autant de savoir-faire.

– Lucy ?

– Qu'y-a-t-il ? demanda la principale intéressée avec impatience.

– Ma secrétaire est formelle, la description de la personne qui s'est introduite chez moi correspond étrangement à Rachel.

– J'aurais dû m'en douter… Envoie-moi la position des fugitifs par notre système de sécurité.

– Tout de suite.

La carte de la Zone Y s'afficha sur l'écran de Lucy et doucement les plans se reprochèrent jusqu'à ce qu'elle voit un point rouge pulsé devant elle. Ils se dirigeaient à l'extérieur de la Zone Y, à proximité de la brousse et de la côte. Elle fit un zoom rapproché, les arbres apparurent plus proches et après quelques secondes elle vit quatre formes humaines indistinctes se dessiner.

— Pénélope ?

— Oui ?

— Vous voyez ce que vois ?

— Oui Lucy.

— Avertissez les traqueuses que nous avons quatre fugitifs à la limite nord-est de la Zone Y. Alerte rouge !

Elle entendit Pénélope donner ses instructions. Pendant ce temps, l'image se définit davantage et Lucy fit un arrêt sur ce qu'elle avait devant les yeux, l'enregistra et en fit une impression. Les coordonnées, la date et l'heure apparurent sur le papier, ainsi que les quatre fugitifs en course, dont on voyait maintenant très bien le visage.

— Je vous confirme qu'il s'agit d'Isabelle, de Rachel, de Thalia et de Tristan, qui sont maintenant nos cibles, et je vous envoie une confirmation officielle de traque à l'instant.

— Faites-moi ramener ce petit groupe en vie, dans la mesure du possible, répondit Lucy. J'appelle immédiatement Johanna en Zone A.

Compris, comptez sur moi. Je coupe la communication.

Un léger clic se fit entendre et Lucy sut qu'elle était maintenant seule.

— Mais qu'est-ce qui vous a pris ? demanda-t-elle à voix haute, visiblement inquiète.

En expirant bruyamment, elle prit le téléphone et rejoignit sa meilleure amie à Montréal.

De son côté, Pénélope sortit en trombe de son bureau et se dirigea à l'extérieur pour retrouver l'escouade de traqueuses qui attendait ses ordres. Douze femmes entraînées, organisées et prêtes à partir en chasse vers la zone qu'elle leur indiquerait. Pénélope savait que la fuite de ses amies serait de courte durée, ces femmes étant expertes et connaissaient mieux que quiconque la géographie de la Zone Y. Équipée de fusils à longue portée munis de fléchettes paralysantes, elles n'auraient aucun mal à les neutraliser. Le groupe tactique se divisa en trois et la chasse commença. Pénélope prit place dans le tout-terrain qui l'attendait. Elle allait suivre les traqueuses en pleine action.

. . • • .

Après avoir traversé une banlieue peu habitée, la petite troupe se retrouva dans la brousse australienne. Ils étaient cependant loin d'être au bout de leur peine. Ils continuèrent à courir contre la mort à travers la forêt, traversant des pentes escarpées aux fourrés abondants ou des descentes rocailleuses où ils faillirent se tordent les chevilles plus d'une fois. Ils arrivèrent à une immense clairière, mais leur course fut arrêtée par un grillage d'une hauteur de trois mètres qui s'étendait à perte de vue, d'un côté comme de l'autre. Ainsi à découvert, il fallait qu'ils agissent rapidement. Rachel s'approcha de la grille pour la grimper, mais Thalia l'arrêta brusquement.

– Non Rachel!!! Cette grille te réduirait en cendres si tu la touchais.

– Qu'est-ce qu'on fait? Les traqueuses sont probablement à nos trousses, s'inquiéta Isabelle.

– Il est difficile de nous cacher ici, à moins de retourner sur nos pas, informa Tristan.

— Il est hors de question de retourner en arrière, riposta
Thalia. Si nous trouvons un moyen de franchir cette
grille cela ralentira les unités d'élite. Nous sommes à la
frontière de la zone centrale. De l'autre côté, c'est un
territoire qu'elles maîtrisent moins bien.

— Oui, mais comment ? demanda Isabelle, de plus en plus
énervée.

— Peut-être vaudrait-il mieux que je me rende, suggéra
Tristan.

— Ah non ! glapit Rachel. Tu ne crois quand même pas que
j'ai abîmé mes chaussures, couru à en perdre haleine et
sali mon joli pantalon pour te faire visiter la brousse
quelques minutes, tout de même !

— Si tu te rends, tu meurs et peut-être que nous aussi ; alors,
la seule solution est de passer la grille. Quelqu'un a-t-il
une idée ? s'empressa d'ajouter Isabelle.

— Entre les cendres et les intraveineuses, notre avenir n'est
guère brillant, souffla Rachel.

— Attendez, je crois que j'ai une solution, s'exclama Thalia
qui réfléchissait à tout vitesse. Il faut provoquer un court-
circuit, cela nous donnera le temps d'escalader cette
barrière

— Bonne idée, mais comment s'y prend-t-on ? demanda
Tristan. Nous n'avons rien sous la main…

— Dépêchez-vous, donnez-moi tout ce qui fonctionne
avec des piles.

Tous s'exécutèrent rapidement, montres, appareils photographiques,
cellulaires, récepteurs. Un doute s'immisça dans l'esprit
d'Isabelle.

– Thalia ? Que comptes-tu faire avec tout ça ?

– Pas le temps de t'expliquer, mets tout dans ton sac à main et donne-le moi, le temps presse.

Elle s'exécuta à contrecœur et remit son petit sac de cuir à Thalia, qui l'installa sur son épaule gauche. Elle jeta un regard nerveux à Isabelle avant de continuer.

– Vous aurez environ vingt secondes pour franchir cette grille, ne perdez pas de temps ; Isabelle, promets-moi d'aller jusqu'au bout

– Mais…

– À go… GO !!!

Isabelle, horrifiée vit sa deuxième mère se précipiter sur la grille. Sa mort fut instantanée et ses cendres s'envolèrent dans le vent. Le système était maintenant neutralisé. En larme, elle réalisa le sacrifice de Thalia et se fit presser par les voix lointaines mais stridentes de Rachel et Tristan. Bientôt, on entendit les cris des traqueuses, qui venaient de les entrevoir.

– Isabelle !!! Viens… sinon, nous allons tous y rester.

– Elles arrivent, fichons le camp avant que la grille ne se réactive, s'exclama Tristan.

Ils escaladèrent la barrière, gonflés à bloc par l'adrénaline, tandis que des fléchettes paralysantes atteignaient la grille, sans succès. Déguerpissant aussi vite qu'ils le purent, ils constatèrent que le système s'était remis en route, arrêtant ainsi les traqueuses, du moins pour un temps. Rachel tourna la tête l'espace d'un instant et crut apercevoir Pénélope descendre d'un camion couvert de poussière.

– Le ton de Pénélope devint soudainement irascible.

– Que se passe-t-il ? Ne me dites pas que nous les avons perdus ?

— Madame, ils ont franchi la grille de sécurité en court-circuitant le système. Il est de nouveau opérationnel. J'ai demandé la désactivation, mais la sécurité attend votre autorisation.

Pénélope activa rapidement le micro se trouvant sur le petit récepteur-émetteur qu'elle portait à l'oreille droite.

— Ici Pénélope, matricule 32457, autorisation accordée pour la désactivation des barrières de sécurité sur la passerelle EST de la zone B52. Avertissez Lucy que les fugitifs sont sortis de la zone centrale et confirmez-lui leur dernière position.

Une voix légèrement lointaine se fit entendre à son oreille.

— Entendu, vous devrez patienter au moins dix minutes pour la désactivation complète de la grille dans votre zone. Attendez donc notre signal avant de procéder.

Pénélope afficha un air contrarié.

— Pourquoi si longtemps ?

— Le court-circuit a retardé nos systèmes et vous êtes dans la partie la plus lointaine de nos points de contrôle, terminé.

La capitaine de l'expédition s'avança vers sa supérieure.

— Madame, combien de temps avons-nous avant de pouvoir franchir la grille ?

— Dix minutes, capitaine, à partir de maintenant. Attendez la confirmation de centre de sécurité.

Pénélope regarda la brousse derrière la grille et afin de cacher ses émotions, elle retourna au camion pour attendre la suite des événements.

• • • •

Le petit groupe maintenant au nombre de trois se retrouva dans une brousse beaucoup plus dense et sauvage que la précédente. Toutefois, comme ils avaient réussi à sortir de la Zone Y, ils se permirent de reprendre leur souffle quelques instants et d'établir leur plan de match. Isabelle, les yeux rouges, respirait péniblement, appuyée contre un arbre. Rachel vint se placer devant elle et lui parla doucement.

— Thalia voulait qu'on continue, sa dernière volonté était que tu ailles jusqu'au bout ; ce n'est pas le temps de la décevoir, tu ne crois pas ?

Isabelle leva les yeux vers Rachel et l'étreignit quelques instants. Tristan, silencieux, les observait. Ils décidèrent de reprendre leur chemin afin de suivre le plan initial : trouver un endroit bien caché où ils attendraient que Johanna abdique. Après quelques minutes de marche, ils arrivèrent devant un escarpement particulièrement dangereux. Très raide, la montée serait fastidieuse, des gravats étant parsemés sur toute la largeur de la pente. Roches, arbres morts et cailloux allaient considérablement ralentir leur ascension. Ils regardèrent l'obstacle et ce fut Isabelle qui parla la première.

— Impossible à contourner, alors, allons de l'avant. Qui m'aime me suive !

Rachel et Tristan se regardèrent, le visage marqué par la fatigue. Tristan donna une petite tape d'encouragement à Rachel.

— Elle a raison ; allons-y.

Prudemment, ils commencèrent à gravir l'escarpement, le sol glissant constamment sous leurs pieds. Ils devaient s'accrocher aux plantes et aux racines qu'ils trouvaient. Ils escaladaient depuis plusieurs minutes quand Rachel commença à montrer des signes de fatigue. Elle voulut avertir ses compagnons, mais ses forces la lâchèrent subitement. Elle dégringola la pente dans un long cri. Lorsque son corps atteignit le bas de la pente, un lourd silence se fit. Alertés, Isabelle et Tristan, qui étaient déjà rendus à bonne distance, se retournèrent pour apercevoir Rachel étendue au sol. La panique passa dans le visage d'Isabelle. Rachel se mit à respirer bruyamment. Quelques secondes plus tard, ses plaintes de douleur ne disaient rien de bon. Tristan, plus agile et plus rapide, redescendit la pente et se précipita vers Rachel. Lorsqu'il arriva à sa hauteur, il ne put que constater ce qu'il avait craint : elle semblait sérieusement blessée.

— Est-ce que ça va ? Où as-tu mal ?

Le souffle de Rachel était saccadé et elle lui désigna sa jambe droite. Son visage était tordu par la douleur. Aussitôt, Tristan inspecta sa jambe sans la toucher et vit qu'une tâche sombre se trouvait au niveau du tibia, il remarqua que le tissu était légèrement tendu un peu plus haut. Le pantalon ample de Rachel permit à Tristan de le soulever doucement pour regarder à l'intérieur. Il constata avec effroi une fracture ouverte.

— Oh ! mon Dieu !

Isabelle, qui était prudemment redescendue s'inquiéta pour son amie.

— Qu'est-ce qu'il y a ?

Tristan releva la tête et la secoua, dépité. Isabelle se rapprocha et ne put que constater l'importance de la blessure.

— Oh non ! laissa-t-elle échapper dans un sanglot.

— Quoi ? Est-ce que c'est aussi grave que ça fait mal ? demanda Rachel.

Tristan se releva et la regarda :

— Tu as une fracture ouverte, il vaut mieux que tu ne bouges pas.

Sur ces mots, Tristan déchira une manche de sa chemise pour en faire deux parties. Il releva doucement le pantalon de Rachel, qui gémit. Il enroula ce tissu comme un garrot autour de l'os pour arrêter les saignements. Il demanda à Isabelle de trouver n'importe quoi pour surélever la jambe blessée. Il vérifia son pansement et le resserra, ce qui fit hurler Rachel.

— Désolé, mais je ne voudrais pas que tu te vides de ton sang…

Isabelle revint avec un tas de branches ; elle était blême de voir ainsi son amie souffrir et elle se mit à penser sérieusement à abandonner leur plan de fuite.

— Qu'est-ce qu'on fait ? demanda-t-elle d'une petite voix.

— J'ai horriblement mal Isa, je ne peux pas continuer, lui souffla Rachel, exténuée.

Isabelle essaya de l'encourager.

— Ne dis pas ça, ça va aller. On va t'aider.

— Ne dis pas de bêtises, Isabelle, je ne peux pas me relever avec une jambe dans cet état. Pour moi, ça se termine ici.

— Non ! Isabelle tomba à genoux à côté de son amie, en larmes.

— Tu as fait une promesse à Thalia, Isabelle, il faut que tu la tiennes.

— Isabelle, ça serait plus dangereux pour elle de nous accompagner maintenant, elle a besoin de secours au plus vite, confirma Tristan.

— Je ne veux pas t'abandonner…

— Écoute-moi, veux-tu ? Ressaisis-toi, va le plus loin possible, fais-le en mémoire de Thalia, fais-le pour moi… Et arrête de pleurer… Fais en sorte que ta mère change d'avis.

Reniflant, Isabelle se releva.

— Je serai forte Rachel, je tiendrai bon et je ferai changer
d'avis à ma mère. Que vas-tu faire ?

— J'attendrai les traqueuses, ne t'occupe pas de moi…

La voix de Rachel trahissait ses émotions et bientôt des larmes
commencèrent à rouler sur ses joues. Elle tendit faiblement la
main vers son amie, qui se pencha pour la serrer très fort.

— Tristan ?

— Oui, Rachel ?

— Prends soin d'elle, sinon tu auras affaire à moi.

La mine sombre, Tristan lui répondit qu'elle pouvait compter
sur lui.

— Allez, filez et fais-moi plaisir Isa, ne te retourne pas. On
se revoit bientôt et je prie pour que tout se passe comme
prévu.

Isabelle hocha la tête en guise d'au revoir, puis rapidement, elle
et Tristan gravirent de nouveau l'escarpement. Comme promis,
elle ne regarda pas en arrière, mais sa vue était brouillée par les
larmes, même si elle savait que c'était la meilleure solution pour
tout le monde.

•• • ••

Seule dans son bureau à cette heure tardive, Johanna complétait
des dossiers importants. Sa secrétaire fit irruption dans son bureau.
Cette dernière surprit Johanna, qui la croyait partie.

— Madame, un appel pour vous de la Zone Y, c'est urgent.

— Urgent ?

— La ligne deux, Madame.

— Merci, attendez avant de partir.

La femme hocha la tête et quitta le seuil du bureau en fermant la porte. Johanna actionna un petit mécanisme qui fit apparaître un écran holographique devant elle, laissant voir le visage préoccupé de Lucy.

— Que se passe-t-il Lucy ?

— Tu dois venir en Zone Y… c'est ta fille.

Sur quoi Johanna se leva d'un bond, faisant tomber quelques papiers.

— Ma fille ? Que lui est-il arrivé, elle va bien ?

— Aux dernières nouvelles, oui, mais c'est très grave Joanna,
    tu dois venir au plus vite.

— Aux dernières nouvelles ? Qu'a-t-elle donc fait ?

— Pas ici, viens me retrouver.

Comprenant qu'il devait s'agir d'une situation délicate, le visage inquiet de Johanna fit place à la détermination.

— Très bien, j'arrive aussi vite que possible.

Sans laisser le temps à Lucy de répliquer, elle coupa la communication, appela sa secrétaire pour qu'on prépare l'avion de la compagnie et envoya quelqu'un chez elle chercher quelques affaires. Elle ramassa les papiers tombés quelques minutes plus tôt, puis elle s'assit. En regardant par la fenêtre, elle se demanda quelle folie avait bien pu frapper sa fille cette fois ? Elle serra les mâchoires et termina rapidement le dossier prioritaire qu'elle avait sous les yeux.

· · • • · ·

La nuit commençait à tomber. Les traqueuses avaient suivi une fausse piste pendant quelque temps ; elles étaient donc toujours affairées à chercher les fugitifs. Les derniers renseignements reçus de Pénélope les avaient remises sur le bon chemin, mais elles s'enfonçaient toujours plus profondément dans la brousse et la réception satellite était mauvaise. Elles savaient désormais que leurs cibles étaient divisées, deux étaient en mouvement et partaient vers le nord et une autre semblait immobile. Les traqueuses continuaient à avancer tels des félins sur la piste d'une proie. La fatigue ne semblait pas les affecter et la discrétion était de mise. C'est donc par signe qu'elles se donnaient des indications simples.

Pendant ce temps, Isabelle et Tristan essayaient de continuer d'avancer malgré la noirceur qui s'installait lentement. Bientôt, ils entendirent une chute d'eau. Ils avancèrent vers le bruit et arrivèrent aux abords d'un petit lac surmonté d'une chute. Ils s'y rafraîchirent quelques instants et Tristan découvrit une cavité derrière le rideau d'eau. Une caverne assez grande leur permettrait de se cacher et de se reposer pour la nuit. Tristan revint vers Isabelle, qui semblait le chercher.

– Il commence à faire trop sombre pour continuer ; j'ai trouvé une petite grotte là-bas, je suggère qu'on s'y repose, le temps de prendre des forces.

Isabelle le suivit ; heureusement que la lune était brillante ce soir-là, ce qui leur permit de voir un peu mieux où ils allaient. En s'installant dans l'obscurité de la paroi rocheuse, Isabelle se mit à pleurer doucement. Tristan vint la rejoindre. S'accroupissant devant elle, il tenta de la consoler.

– Ne pleure pas… je suis certain que Rachel va bien, le sacrifice de tes amies prouve qu'elles croyaient en toi, en ce que tu as entrepris, et qu'elles t'aimaient…

Tristan essuya ses larmes avec son pouce. En reprenant son souffle, Isabelle parla d'une voix tremblante.

— Tout est de ma faute… moi et ma grande curiosité, j'aurais dû repartir aujourd'hui ! Thalia serait encore en vie, et Rachel… Un sanglot monta dans sa gorge. Et Rachel… ne serait pas dans cet état, Dieu seul sait ce qui lui est arrivé maintenant…

Tristan s'installa à côté d'Isabelle et lui mit un bras autour des épaules.

— Tu sais, Isabelle, on m'a toujours appris à assumer les actes que je posais. Les regrets sont comme du poison, tes amies ont fait leur choix…

Tristan s'éloigna d'un coup, repliant ses jambes sous lui.

— Mais, après tout, c'est à moi que tu devrais en vouloir. Je suis le plus grand fautif dans cette histoire, non ?

Le doux visage d'Isabelle se tourna vers Tristan. La lune éclairait les larmes qui avaient fait leur chemin.

— Tu n'as rien à voir là dedans… ma mère a décidé de tous vous éliminer dans quelques jours.

— Quoi ? Pourquoi ? C'est horrible…

— Ce serait beaucoup trop long à t'expliquer, mais crois-moi sur parole. Et je voulais… enfin… j'espérais la faire changer d'avis…

La mine grave, Tristan scruta Isabelle ; sans un mot, il lui ouvrit les bras pour qu'elle puisse venir se blottir contre son épaule. Puis, un long moment de silence s'installa entre les deux amants. Isabelle tomba endormie, contrairement à Tristan, trop inquiet de ce qui risquait de se produire dans les prochaines heures.

• • • •

L'équipe de traqueuses qui travaillait sans relâche depuis le début de la chasse s'arrêta à proximité d'une clairière. Le jour commençait à se lever ; Pénélope était immobile et réfléchissait. La capitaine vint la rejoindre pour s'enquérir de ce qui se passait, attendant patiemment que sa supérieure remarque sa présence. Cette dernière lui fit signe qu'elle pouvait parler.

— Que se passe-t-il ? Pourquoi sommes-nous arrêtées ? demanda la capitaine.

— Ça fait plus de quinze heures que votre équipe est dehors à traquer deux fugitifs dans cette brousse. Je vais demander un support aérien.

— Madame, nous sommes prêtes à continuer les recherches, vous...

Pénélope la coupa doucement en se tournant vers elle.

— Je ne remets pas en cause vos talents, capitaine. Seulement, cette clairière m'apparaît l'endroit idéal pour un changement de tactique. Faites passer le message à vos troupes.

Malgré elle, la capitaine acquiesça d'un signe de tête. Pénélope fit un appel au quartier général afin de faire venir le support aérien en renfort.

— Zébra Delta appelle Blue Eagle, répondez...

— Ici Blue Eagle, je vous reçois 5 sur 5, Zébra Delta.

— Êtes-vous en position ?

— Affirmatif.

— Demande permission de relayer l'équipe Delta.

— Bien reçu, Zébra Delta, donnez votre position.

— Je vous envoie le tracé de position. Elle appuya sur un bouton de sa montre. Envoyez trois hélicoptères ; terminé !

Pénélope savait qu'à ce moment précis, les écrans radar des hélicoptères auraient vite fait de retrouver leur position.

· · ● · ·

Au petit matin, Isabelle se réveilla brusquement. Elle était étendue par terre et Tristan n'était plus là. Elle se leva précipitamment, paniquée à l'idée qu'il soit parti. Elle scruta les environs et sortit de leur cachette. Puis, voyant Tristan surgir de nulle part, elle put enfin respirer. Il tenait dans ses mains quelques fruits et des baies sauvages. Il sourit à la jeune fille et lui présenta ses trouvailles, tout en la rassurant : c'était un goûter, en attendant de trouver quelque chose de plus consistant à se mettre sous la dent.

— Tu m'as fait peur, j'ai cru un moment que…

— Désolé, je voulais nous rapporter quelque chose à manger pour reprendre des forces.

— Tu as pris de gros risques en sortant de la grotte.

— Ne t'inquiète pas pour moi, j'ai un instinct de survie développé, j'improvise et je m'adapte.

Le visage de la jeune femme se fendit d'un sourire ; l'ardeur de son compagnon l'émerveillait. Tristan lui tendit sa récolte et Isabelle prit quelques fruits, qu'elle porta à sa bouche avec le plus grand plaisir.

— Merci, je mourais de faim, tu es vraiment une personne incroyable.

Tristan s'approcha d'elle et lui dit doucement :

— Toi aussi Isabelle, tu es incroyable.

Rougissante, elle baissa la tête. Elle était convaincue après ce petit geste de Tristan et ce qu'il avait fait auparavant pour Rachel que les hommes pouvaient aussi être très respectueux et dotés de civisme, malgré cette violence dont on l'avait serinée depuis son plus jeune âge à leur sujet. Il lui releva le menton et, tout en la fixant, lui caressa la joue.

— Tu es aussi une femme séduisante…

Intimidée, Isabelle se laissa néanmoins charmer par la voix grave de l'homme devant elle. Il continua.

— J'ai très envie de t'embrasser.

Le cœur d'Isabelle accéléra, tandis que Tristan avançait lentement son visage vers le sien. Il l'embrassa, doucement au début, puis son baiser se fit plus sensuel. Lorsqu'il s'interrompit, Isabelle haletait, suspendue aux dernières sensations qu'avaient laissées les lèvres de Tristan sur les siennes. Ce dernier s'étonnait.

— Mmmh… que tes lèvres sont douces !

Isabelle ajouta :

— Jamais je n'aurais pu me douter que le baiser d'un homme
    puisse être aussi bon…

En se souriant, ils unirent leurs corps à nouveau et recommencèrent à s'embrasser. Puis, lentement, ils regagnèrent leur cachette, où ils s'allongèrent sur sol. Ils étaient hypnotisés l'un par l'autre et les sensations qui affluaient dans leurs corps les électrisaient. Tristan ôta ce qui restait de sa chemise, pendant qu'Isabelle lui caressait timidement le torse. La chaleur sous ses doigts l'incita à se blottir davantage contre lui. Il en profita de son côté pour parcourir son cou de ses lèvres ; sa langue et ses baisers glissèrent doucement vers sa poitrine. Puis, il l'aida doucement à retirer sa blouse. Avec un regard plein de désir, il contemplait la jeune femme étendue sous lui. Elle s'exprima dans un souffle.

— Promet-moi d'être doux, c'est la première fois…

— Je te le promets.

Il l'embrassa avec une incroyable sensualité. Ses mains descendirent ensuite caresser le corps d'Isabelle, qui ferma les yeux d'abandon. Comme si le temps n'existait plus, ils firent l'amour doucement, parfois maladroitement, profondément émus par ce qu'ils vivaient. Transportés par leur désir, se regardant souvent dans les yeux, leurs hanches se soudèrent. Entre les mains de son amant, le visage d'Isabelle se crispa légèrement quelques secondes, mais se détendit de nouveau rapidement. Tristan lui murmura quelques paroles apaisantes avant que des ondes de plaisir ne les submergent pendant un long moment.

Peu de temps après, croulant sous le poids de la fatigue accumulée, Tristan ferma les yeux dans les bras d'Isabelle. Cette dernière, qui avait eu l'occasion de se reposer davantage que lui, ne s'endormit pas. Elle était plutôt songeuse. Elle se repassa tous les événements qu'ils avaient vécus ces dernières 24 heures, puis elle se demanda comment Rachel s'en sortait et si on l'avait retrouvée. Tout à coup, elle sentit Tristan remuer doucement près d'elle.

· · ● ● · ·

Arrivé dans l'avant-midi du jour suivant la fuite de sa fille, Johanna ne semblait pas trop souffrir du décalage horaire. Lucy l'accueillit à l'aéroport privé de l'ADDH. Elle lui fit un rapport complet de la situation et, pendant qu'on la conduisait à l'hôpital privé du Centre de reproduction, elle ne souffla mot. Elle semblait consternée et attristée par toute cette histoire. Lucy avait respecté son silence et l'avait laissée seule quelques instants, après lui avoir appris la mort brutale de Thalia.

Un peu plus tôt dans la nuit, on avait retrouvé Rachel blessée et inconsciente et c'est vers sa chambre que les deux femmes se dirigeaient d'un pas énergique le long des couloirs aseptisés de l'hôpital. Une infirmière vint vers elles. On avait opéré Rachel, son état était stable, elle venait tout juste de se réveiller. Elles pénétrèrent dans la chambre ; un plâtre synthétique recouvrait le tibia de la jeune fille. Son visage fatigué et terne prouvait qu'elle venait de passer des heures pénibles. Encore sous l'effet de la sédation, elle avait les yeux mi-clos. La chambre était confortable, une petite table trônait près du lit, où un vase était vide. Quelques images de l'ancienne ville de Sydney décoraient les murs, de même qu'une télévision. Rachel regardait son bras gauche branché à une perfusion, qui diffusait un médicament antidouleur à intervalles réguliers. Elle entendit des pas de l'autre côté du lit et tourna la tête. Lorsqu'elle vit les deux femmes, ses yeux s'agrandirent de peur. La gorge nouée, elle ferma les yeux quelques instants avant de les rouvrir en fixant le plafond, attendant la suite avec angoisse. Lucy s'avança jusqu'à la fenêtre et s'y appuya, laissant tout l'espace à Johanna, qui s'approcha au chevet de la jeune fille. Elle lui toucha la main. Rachel tourna son regard vers elle et rencontra un visage impassible au-dessus du sien. Johanna prit une chaise, s'installant à la hauteur de la pauvre malheureuse et elle entama la conversation.

— Comment te sens-tu ?

Rachel, qui n'osait fixer Johanna, reprit sa contemplation du plafond et lui répondit timidement.

— Je vais mieux, merci.

— Tant mieux… J'ai quelques questions à te poser, comme tu dois bien t'en douter.

Rachel lui fit signe que oui.

— Bien. Maintenant, je voudrais savoir qui a eu cette idée stupide et j'aimerais que tu me dises ce que ma fille comptait faire de cet homme.

Il y avait tant de dégoût dans ce mot « homme » que Rachel tourna la tête vers Johanna. Elle fronça les sourcils, mais resta silencieuse. Johanna éleva la voix.

– Rachel ! Je t'ai posé une question.

Le mutisme de la jeune femme fit réagir Lucy, qui suivait la conversation depuis la fenêtre.

– Rachel, tu aggraves ton cas en refusant de coopérer. Déjà, que je vois difficilement comment vous sortir de là. Tu as intérêt à réviser ton attitude rebelle.

Les mots de Lucy ne tirèrent aucune réaction de la part de Rachel, qui s'était enfermée dans son silence. Johanna radoucit sa voix.

– Tu sais, elle a raison… vous êtes tous dans une situation très délicate. Il est encore possible de vous tirer de là, mais, pour ça, il faut absolument que tu me dises ce que compte faire ma fille.

Rachel craqua doucement sous la pression, les larmes ruisselant sur ses joues. D'une voix tremblante, elle avoua :

– Je… je ne sais pas où ils sont, ce que je sais… Elle s'arrêta pour prendre une profonde inspiration, avant de poursuivre. C'est qu'Isabelle a fait ça pour vous faire changer d'avis à propos de l'extermination des hommes… Puis, elle s'empressa d'ajouter : Je ne sais rien d'autre.

– Pourquoi ? Johanna se leva. Quelle idée absurde ! Je n'en reviens pas, j'aurais dû me douter qu'il y avait un plan derrière ce stupide voyage.

Lucy s'approcha du lit et regarda son amie de longue date dans les yeux.

– Ne te blâme pas, je me suis aussi laissée avoir, c'est aussi en partie ma faute.

Johanna regarda de nouveau Rachel.

> – Une dernière question avant de te laisser tranquille,
> Rachel. Comment s'est passée la mort de Thalia ?

Le visage de Rachel s'inonda de nouveau de larmes. Johanna,
tendue, attendait la suite.

> – Elle… elle a percuté la barrière de sécurité et est morte
> sur le coup.

· · • · ·

Une porte claqua subitement et Rachel eut à peine le temps de
voir Johanna quitter la pièce, profondément troublée. Lucy, hocha
doucement la tête.

> – J'aurais dû y penser, il n'y avait qu'elle pour organiser
> une telle entreprise.

Rachel détourna la tête et continua de pleurer en silence ; elle
n'entendit même pas Lucy sortir de la chambre.

· · • · ·

La journée particulièrement ensoleillée et chaude avança doucement
pour Tristan, qui dormait à poings fermés. La chute d'eau l'apaisait
et faisait presque oublier l'humidité et la rudesse du sol. Il se sentait
bercé par ce bruit constant. Cependant, quelque chose le perturba.
Il s'obligea à s'extirper du sommeil, et un inexplicable pressentiment
l'assaillit. Il ouvrit un œil, puis le deuxième, légèrement en sueur,
et il se tourna pour regarder sa compagne à ses côtés. Brusquement,
il se rendit compte qu'il était seul dans la caverne. Se levant d'un
bond, l'angoisse l'étreignit si fortement qu'il eut du mal à respirer.
Il se raisonna en se disant qu'elle était sans doute en train de se
baigner dans la chute pour échapper à la chaleur. Mais pourquoi
diable ne l'avait-elle pas réveillé ?

– Isabelle ? ne la voyant nulle part, il cria son nom.
ISABELLE !!!

Seul son écho lui répondit ; il était bel et bien seul. Atterré, il sentit son courage l'abandonner, n'ayant désormais plus aucune raison de courir, maintenant que la femme qui avait réussi à faire battre son cœur était partie. Il décida de rebrousser chemin, osant à peine imaginer le pire. « Pourquoi, pourquoi a-t-il fallu que tu te livres ? Nous avions nos chances de réussir et peut-être même de vivre ensemble. » Accablé, Tristan avait quitté la caverne et déambulait maintenant dans la brousse, qui l'oppressait de plus en plus. Cela faisait plus d'une heure qu'il marchait, la faim et le découragement l'étreignaient, tout comme la mort certaine qui lui serait sûrement réservée avant longtemps. Mais, malgré la situation dramatique dans laquelle il se trouvait, son instinct de survie était toujours en état d'alerte maximale. Soudain, il aperçut un morceau de tissu de la blouse d'Isabelle accroché à un buisson particulièrement piquant. Retrouvant un peu d'énergie et d'espoir, il sentit le morceau d'étoffe et reprit courage. « Elle est passée par ici. » Pressant le pas, heureux de sa découverte, il espérait la retrouver avant les traqueuses afin de la convaincre de continuer à se cacher avec lui.

Il s'arrêta brusquement lorsqu'il perçut le bruit caractéristique des hélices d'un hélicoptère qui venait d'atterrir. Prudemment, il ressortit de sa cachette et essaya de mesurer la distance entre lui et l'engin. Il estima qu'il se trouvait à environ un kilomètre en face de lui, légèrement sur sa droite. Le bruit se fit plus pressant lorsqu'il s'en approcha. Il sentit ses entrailles se tordre à l'idée de perdre celle qui avait partagé son lit de fortune un trop bref moment. Il décida de marcher vers l'hélicoptère afin de voir si Isabelle avait été capturée. L'incertitude le rongeait, mais il prit tout de même ses précautions pour demeurer le plus discret possible. Ayant rejoint le lieu de l'atterrissage situé en plein centre d'une clairière, Tristan s'était caché dans un épais fourré lorsqu'il vit enfin Isabelle. Elle était là, debout, les bras le long du corps, comme résignée. Ses cheveux, qui d'ordinaire tombaient sur ses hanches, s'emmêlaient maintenant dans le vent créé par les pales des trois hélicoptères qui ceinturaient la clairière. Il vit Pénélope s'avancer vers elle avec une telle fureur qu'il eut l'impression qu'elle allait l'exécuter sur place. Il resta tapi et écouta la suite.

— Tout est terminé pour toi Isabelle, je ne sais pas quelle folie t'a prise, mais maintenant, tu n'as plus le choix, il faut que tu te rendes. Tu es cernée, de toute façon.

À ces mots, une dizaine de traqueuses arrivèrent en renfort ; elles pointaient leurs armes sur la cible à quelques mètres de l'hélicoptère.

— Pénélope, je n'ai pas l'intention de vous résister, je me rends de mon plein gré.

— Bien… cela n'allègera pas ta peine pour autant ; tu as beau être la fille de Johanna, tu es allée beaucoup trop loin, cette fois. Sache que je ne te pardonnerai jamais d'avoir laissé à demi-morte dans la jungle la femme qui est maintenant dans mon cœur.

— Rachel va bien ?

— Oui et ce n'est certainement pas grâce à toi.

Isabelle baissa la tête, mais la releva aussitôt. Elle sentait tout à coup la colère la gagner.

— Rachel est une sœur pour moi et je ferai tout ce qui est en mon pouvoir pour lui éviter d'être exécutée…

— Assez discuté ! Nous avons perdu suffisamment de temps. Révèle-nous maintenant où se trouve le mâle qui était avec toi. Cela pourrait te sauver.

— Le mâle, comme vous dites, est mort !

— Quoi ? Comment est-ce possible ? Pénélope la scruta. Comment est-il mort ?

Isabelle détourna le regard.

— J'ai été prise de panique devant la tournure des événements, et sachant que Rachel pourrait être exécutée si je n'intervenais pas, je l'ai poussé dans un ravin avant de me rendre.

Pénélope examina le visage d'Isabelle ; cette dernière n'arrivait pas à discerner si elle lui disait bien la vérité. Elle lui demanda, suspicieuse :

— Pourquoi t'en être chargée ? Il nous appartenait de l'exécuter.

— Je ne voulais pas le voir mourir à mes côtés…

— Perdant patience, Pénélope s'approcha d'Isabelle pour la gifler violemment.

— Tu me déçois énormément, tu fais honte à ta mère, à ta race… Traqueuses, emmenez-la !

Tristan, qui avait suivi la scène depuis sa cachette, ne pouvait plus contenir sa rage de voir Isabelle traitée ainsi, après tout ce qu'elle avait fait pour lui. Il sortit de son fourré comme une flèche et profita de la surprise générale pour asséner un solide coup de poing à Pénélope.

— Espèce de sale garce… laissez-la !

Il voulut se diriger vers Isabelle, mais il fut freiné dans son élan par trois fléchettes paralysantes à quelques mètres de Pénélope, qui se relevait péniblement en se tenant la mâchoire. Le corps de Tristan tomba rudement sur le sol, tandis qu'Isabelle poussait un cri. Elle et Pénélope regardaient avec stupéfaction ce revirement de situation.

— Non, non… Tristan ! Pourquoi m'as-tu suivie ?

Son visage trahissait sa détresse. Elle réussit à s'échapper de ses gardiennes pour s'agenouiller à ses côtés. Tristan eut à peine le temps d'articuler…

— Tout a commencé avec toi, mais je ne saurais pas continuer sans toi…

La tête de Tristan tomba mollement sur le côté ; il était inconscient. Sans ménagement, les traqueuses embarquèrent le corps et relevèrent Isabelle, effondrée. Un cri de joie retentit dans les rangs des traqueuses quand on confirma que la chasse était terminée et que les deux cibles venaient d'être appréhendées. Les hélices se mirent à tourner et Pénélope cria par-dessus le bruit pour donner ses derniers ordres.

— Ligotez-le bien avant de l'embarquer, celui-là. Quant à toi, Isabelle, tu viens avec moi. Je dois te ramener à la maison-mère, car il y a une personne qui t'attend et voudrait te dire deux mots.

Satisfaite de son effet, Pénélope l'entraîna vers l'hélicoptère le plus proche. À contrecœur, Isabelle monta dans l'engin accompagnée de deux traqueuses. Lorsqu'ils prirent de l'altitude, Isabelle put voir les autres unités appelées en renfort depuis le matin se replier dans la brousse. Elle entendit Pénélope, assise à l'avant, lancer un appel à tous.

— À toutes les unités, ici Zébra Delta, la mission est un succès, nous avons intercepté les deux derniers fugitifs et nous les rapatrions au quartier général. Je répète, mission réussie. Terminé.

Pendant l'échange radio, l'hélicoptère filait à vive allure, fendant l'air de ses hélices. Pénélope désirait livrer au plus vite les deux criminels aux mains de la justice du conseil de l'ADDH, en qui elle avait pleinement confiance.

·· • • ··

Encerclée par quatre gardiennes armées de leurs pistolets au laser, Isabelle fit son entrée à la maison-mère. Le bruit des bottines sur le sol carrelé apparut tout à coup étrangement bruyant à la prisonnière. Elle se fit conduire devant une double porte en pin massif somptueusement sculptée. Une des gardiennes se détacha de son groupe pour frapper à la porte. Ce qu'Isabelle vit la stupéfia : sa mère l'attendait. Johanna fixa sa fille avec un regard impénétrable et froid. Elle renvoya les gardiennes qui détenaient sa fille et lorsqu'elle parla, sa voix se fit tout aussi glaciale que son regard. D'un signe de tête, les gardiennes laissèrent mère et fille seules. Isabelle pouvait sentir la tension qui se dégageait dans la pièce ; toutefois, cela ne l'effrayait pas davantage. Elle connaissait sa mère. Alors qu'elle gardait délibérément le silence, sa mère s'exprima :

> – Veux-tu me dire comment tu as fait pour en arriver là ?
> Tu me déçois énormément, ma fille, et pas seulement
> moi… Tu ne t'imagines pas dans quelle situation tu te
> trouves. Tout ça parce que tu t'es entichée d'un homme !
> Ma parole, tu aurais pu faire n'importe quoi, mais ça…
> ÇA ! Je ne pourrai pas le supporter…

Isabelle resta silencieuse. Non, elle ne regrettait pas ce qui s'était passé le matin même avec Tristan. Elle était seulement triste pour Thalia et Rachel et souffrait qu'on lui ait enlevé cet homme qui lui avait permis de se sentir femme pour la première fois de sa vie. Devant le silence de sa fille, Johanna perdit légèrement contenance, avant de répondre à ce silence.

— Très bien ! Tu t'emmures dans ton mutisme, comme
Rachel… C'est toi qui décides, mais avec cette attitude,
vous allez être exécutés tous les trois ; je me demande si
tu pourras supporter le poids de cette responsabilité.

Isabelle regarda sa mère, son visage s'attrista, mais aucun son ne
franchit ses lèvres. Johanna s'approcha d'elle. Avec une voix tendue,
elle s'adressa de nouveau à sa fille.

— Je vais te raconter une histoire, comme lorsque tu étais
une petite fille et que je te bordais avant de t'endormir…
Il y a bien longtemps, lorsque la terre fut façonnée, Dieu
créa l'homme… Cet homme s'ennuyait, car il était seul
depuis très longtemps et il ne pouvait pas mourir, car il
était immortel, à cette époque. Johanna voyait qu'elle
parvenait à capter l'intérêt de sa fille ; elle poursuivit :

— Dieu, voyant cela, décida de lui donner une compagne,
car les animaux ne pouvaient pas parler avec l'homme.
C'est alors qu'au cours d'une nuit, il prit une côte à
cet homme et en fit un être doté de sentiments, avec
un cœur. Il la nomma Ève… Tous deux vécurent des
jours heureux dans le jardin immense et magnifique
qu'ils nommaient Éden. Mais, au milieu de la multitude
d'arbres de ce jardin, Dieu leur interdit cependant de
manger les fruits de l'arbre de la connaissance du bien
et du mal.

Johanna pointa sévèrement un index en direction de sa fille.

— Tu viens de goûter au fruit interdit, exactement comme
l'a fait Ève. Tu viens de pécher et sais-tu ce qu'est le salaire
du péché ?

Isabelle, déjà légèrement blasée par le discours symbolique de
sa mère, fit une moue ennuyée et détourna le regard. Johanna
continua néanmoins sur sa lancée.

– C'est la mort !

Isabelle sortit enfin de son mutisme pour protester.

– L'homme n'est pas un fruit défendu, vous allez commettre une grave erreur en les exterminant tous !

– C'est là que tu te trompes, ma fille ; c'est la seule chose à faire ! De toute manière, tout est déjà en œuvre et d'ici quelques jours, l'homme ne sera plus qu'un mauvais souvenir du passé.

Élevant le ton, Isabelle osa insister auprès de sa mère :

– Maman, crois-moi, je t'en prie ! Ils ont compris la leçon, ils ont changé, ils…

Isabelle ne termina pas sa phrase. Elle venait de recevoir une gifle cinglante de Johanna, apparemment submergée par la colère.

– Insolente ! Inconsciente ! Tu te rends compte de ce que tu dis ? Tu penses vraiment que ces hommes peuvent changer ? Regarde comme il t'a manipulée ! Voilà ce que sont les hommes, tous des manipulateurs en puissance ! Thalia est morte et Rachel a bien failli y passer… Considère bien en face le résultat de ton délire.

Isabelle se tenait la joue et ses yeux s'emplirent de tristesse, car elle comprenait soudain que sa seule réelle folie avait été de croire que sa mère comprendrait son point de vue et se rendrait à ses arguments. N'ayant plus rien à perdre, elle osa parler d'une voix téméraire.

– C'est vous qui vous égarez, pas moi ! Vos esprits sont terriblement étroits et cela ne va qu'engendrer bien pire que ce que les hommes ont perpétré au fil des siècles. La folie, c'est cette chasse à l'homme ! Je n'ai que faire de mourir…

Johanna la coupa avec véhémence.

— Ça suffit! Il m'apparaît clair que tu n'as plus toute ta tête, ma fille. Je suis encore ta mère et tu feras ce que je te dis, que cela te plaise ou non! Je vais me débrouiller pour trouver une solution afin que tu t'en sortes indemne et après, nous allons avoir une sérieuse discussion, toi et moi…

Isabelle sentait qu'elle n'avait pas le choix, elle se décida à se résigner, du moins pour le moment. Sa mère appela brutalement les gardiennes pour qu'elles viennent chercher sa fille. Quelques secondes plus tard, les deux portes s'ouvrirent et son escorte vint l'emmener. Sur un ordre de sa mère, elle fut transportée en cellule d'isolement.

Une fois seule, Johanna s'effondra sur une chaise et, le visage entre les mains, laissa éclater sa peine. La situation était grave, elle ne reconnaissait plus sa fille, qui semblait narguer la mort; elle ne la comprenait plus. Elle se sentit tout à coup seule et impuissante. Et la mort brutale de sa complice de toujours, Thalia, ne faisait qu'ajouter à sa douleur et à son incompréhension.

De son côté, Tristan était lui aussi en isolement dans une cellule sombre et humide. Habillé de la tenue jaune que revêtent tous les prisonniers de la Zone Y, il attendait la suite des choses. Il ne se faisait pas d'illusion sur sa mort prochaine, sachant que son procès serait perdu d'avance. Il s'étendit sur son lit, les mains derrière la tête, en pensant à Isabelle.

·· • ··

Pendant que Rachel terminait péniblement son repas du midi composé de purée de pomme avec des saucisses et des pommes de terre cuites à l'eau, la porte de sa chambre résonna de grands coups. D'abord hésitante devant cette impétuosité, elle invita celle qui se trouvait de l'autre côté à entrer. Interdite, elle vit tout à coup Pénélope qui s'avançait vers elle. Elles se saluèrent d'une bise froide et polie.

– Je suis désolée de te déranger pendant ton repas, je n'avais pas réalisé qu'on était déjà à l'heure du midi.

– Ce n'est pas grave, Pénélope. Tu peux prendre une boisson dans le petit frigo pour m'accompagner… D'ailleurs, je n'ai guère faim. Alors, dis-moi ce qui t'amène.

Pénélope se servit une boisson gazeuse et en apporta une à Rachel, puis elle s'assit à son chevet. C'est Rachel qui parla la première.

– Tu as l'air fatigué…

– C'est un peu normal, Rachel, après avoir passé de longues heures à vous pourchasser! Avec mon équipe, nous avons capturé les deux autres fugitifs ce matin et je viens tout juste de remplir les papiers pour confirmer la demande d'exécution du prisonnier.

– Tu veux dire Tristan?

– Oui, c'est comme cela qu'il se nomme, je crois… Puis, sur un ton impatient, elle enchaîna: Enfin, ce n'est qu'un mâle, je n'ai pas pris le temps de mémoriser son nom!

Le visage inquiet de Rachel rappela à Pénélope qu'elle s'intéressait sûrement à ce qui était arrivé à Isabelle, sans pour autant oser lui demander. Étendue sur son lit tendu de blanc, la question lui brûlait pourtant les lèvres. Ne faisant rien pour l'encourager, Pénélope regardait le mur les bras croisés. Après quelques instants de ce petit manège buté, Rachel se décida.

– Tu sais bien que je me désintéresse du sort de Tristan, ce qui m'inquiète, c'est plutôt celui d'Isabelle; que va-t-il lui arriver à présent?

Pénélope pinça les lèvres de contrariété, mais répondit tout à même à Rachel.

— Tout ce que je peux te dire, c'est qu'elle a vu Johanna il y a à peine une heure et je sais qu'on l'a emmenée en cellule d'isolement. J'ai aussi entendu les gardiennes discuter.

— Ah oui ? Est-ce que je peux te demander ce qu'elles disaient ?

— Apparemment, Johanna chercherait une façon de dissuader le conseil d'exécuter Isabelle.

Un soupir de soulagement se fit entendre du côté de Rachel. Elle vida d'un trait son verre avant de le reposer sur le plateau, où restaient les vestiges de son dîner. La voix de Pénélope se radoucit, elle avança même une main vers la jambe de Rachel dans un geste qui se voulait rassurant.

— Je suis certaine que tout va bien se passer, si elle accepte de suivre les indications de sa mère. Il est évident que jamais Johanna ne laisserait sa fille se faire exécuter.

— Tu as raison, murmura Rachel. Merci…

Pénélope se leva brusquement.

— Bon, je dois me remettre au travail. Elle vida son verre. J'espère que tu te sens en meilleure forme aujourd'hui ?

— Oui, merci, je vais beaucoup mieux… Je suis heureuse que tu aies pris le temps de me rendre visite…

L'assistante de Lucy lui sourit faiblement.

— Je voulais t'informer de la situation. Ne t'en fais pas. Les esprits vont se calmer et bientôt tout sera rentré dans l'ordre.

Pénélope parlait aussi pour elle et Rachel le comprit. Elle lui fit son plus beau sourire et déposa sa main sur la sienne, puis elle s'approcha de la jeune fille et déposa tendrement un baiser sur ses lèvres. Elle sortit ensuite de la chambre en adressant un léger signe de la main à Rachel, qui la regardait partir.

C'était une nuit de pleine lune où les étoiles brillaient, éclairant la maison-mère située en plein cœur de Sydney, ce géant d'acier se voulant le protecteur de la race humaine. Dans sa cellule d'isolement, Isabelle était couchée à même le sol et réfléchissait dans l'obscurité. Elle ne bénéficiait d'aucun traitement de faveur. Recueillie depuis un moment dans sa solitude et dans le silence, c'est le grincement de la porte qui lui fit reprendre conscience de la réalité environnante. Trois gardiennes particulièrement charpentées se présentèrent devant elle. Isabelle s'assit pour mieux les observer. Elles portaient un brassard pourpre avec un œil brodé au fil noir. Isabelle sut qu'il s'agissait de vigilantes, la garde d'élite de la maison-mère.

– Veuillez-nous suivre dit l'une d'elles. Je vous conseille de ne pas opposer de résistance…

C'était bien la dernière chose qui aurait traversé l'esprit d'Isabelle en voyant le gabarit de ces trois femmes. Elles l'aidèrent à se relever.

– Je peux vous demander pourquoi on m'envoie des vigilantes ?

– Votre mère ne voulait prendre aucun risque avant le jugement du conseil.

Les vigilantes lui intimèrent le silence, puis toutes quatre partirent sans un mot et traversèrent les couloirs sombres du bloc d'isolement. Les rares gémissements qui parvinrent aux oreilles d'Isabelle étaient ceux d'hommes criminels abandonnés à leur sort, dans l'attente d'un jugement. Elles sortirent du bloc et Isabelle fut complètement éblouie par les néons qui les accueillirent. Les vigilantes la soutinrent afin de lui permettre de continuer à avancer sans perdre de temps. Empruntant un ascenseur, puis d'autres couloirs, elles déambulèrent dans les innombrables dédales de la maison-mère durant un temps qui sembla interminable à la jeune femme affaiblie par ses épreuves des dernières heures. À un certain moment, la décoration se fit tout à coup plus luxueuse et Isabelle sut qu'elle se rendait au même endroit que le matin même, lorsqu'elle s'était retrouvait face à face avec sa mère. Devant les doubles portes de pin massif, une gardienne passa devant, pour revenir quelques instants plus tard. Elles prirent Isabelle par le bras et la conduisirent de nouveau devant Johanna.

— Merci Mesdames, attendez devant les portes. Je vous appellerai quand j'aurai de nouveau besoin de vous.

Les trois femmes sortirent presque sans faire de bruit, malgré leur gabarit imposant. Johanna contempla sa fille, visiblement fatiguée, dont les vêtements étaient sales et poussiéreux. Elle eut un petit pincement au cœur, mais n'en laissa rien paraître. Elle s'adressa plutôt à Isabelle calmement.

— J'espère que cette journée en isolement t'aura servi de leçon.

— J'ai mal partout et je suis morte de faim…

— Tu veux que je te fasse apporter quelque chose?

— Non, je ne veux bénéficier d'aucun traitement de faveur.

Esquissant un sourire, Johanna reconnut bien là le caractère volontaire de sa fille. Elle l'invita à s'assoir pour lui parler de son plan.

— J'ai beaucoup réfléchi aujourd'hui afin de trouver une solution pour vous tirer de cette situation, Rachel et toi. Voilà ce que je te propose : en face du conseil, tu diras simplement que vous avez été enlevées par cet homme.

Incrédule, Isabelle ne put s'empêcher de répliquer.

— Ce n'est pas possible, beaucoup trop de preuves nous inculpent.

— Isabelle, ma chérie, voyons ! Je suppose que tu fais allusion à l'appel passé par Rachel dans le bureau de Pénélope ou à l'utilisation du réseau de la maison-mère pour envoyer des renseignements illégaux ? Tu sais, les preuves s'effacent vite lorsqu'on a le bras long…

Isabelle n'en croyait pas ses oreilles.

— Mais cette version ne tiendra pas la route ! De toute façon, j'ai l'intention de raconter la vérité.

Johanna se leva, très en colère.

— C'est ridicule ! Tu sais ce qui va se passer si tu dis la vérité ?

Isabelle n'osa pas répondre à cette question, de sorte que Johanna continua.

— Bien sûr que tu le sais, ce sera la mort par intraveineuse. C'est aussi ce que tu veux pour Rachel ?

Baissant la tête, la jeune fille serra les dents, frustrée, sachant que peu de choix s'offraient à elle. Elle continua d'écouter sa mère sans mot dire.

— Voilà l'histoire que tu raconteras au conseil : vous deviez voir cet homme pour ton travail de fin d'études ; Thalia vous a accompagnées, Rachel et toi. Ensuite, le mâle que vous deviez rencontrer a assommé une gardienne et a pris son arme… Comme vous étiez des proies faciles, il vous a prises en otage toutes les deux. Une fois rendus à la barrière, il a neutralisé le système en poussant Thalia contre les clôtures électriques et il vous a forcées à le suivre dans la brousse.

Isabelle semblait réfléchir à l'histoire de Johanna.

— C'est une version plausible, mais ce n'est pas la vérité, maman.

Johanna lâcha un profond soupir. Isabelle poursuivit.

— Mais si cette version peut sauver Rachel, je me plierai à ta volonté…

— Isabelle… je ne te comprends pas, cet homme est condamné, de toute façon, puisqu'il mourra, comme tous les autres, dans quelques jours. Pourquoi avoir agi avec tant d'immaturité ? J'avais placé ma confiance en toi et tu l'as trahie. Tu m'as menti, tu m'as humiliée. C'est la première fois que j'ai eu honte de toi.

La voix de sa mère d'ordinaire bien posée avait cette fois quelque chose de brisé. Isabelle était touchée par sa détresse, soudain si apparente.

— Je suis désolée, maman, que tu voies les choses ainsi. Je te demande pardon pour tout ça. Mais je ne suis pas comme toi, j'ai foi en l'homme. Pourquoi les haïs-tu autant ?

Le visage de Johanna redevint tout à coup impénétrable. Isabelle savait que sa mère prenait cette attitude fermée chaque fois que quelque chose la touchait profondément. Sa mère se leva soudainement, l'air très fatigué ; elle fit quelque pas, puis revint vers sa fille. Le plus sérieusement du monde et pour la première fois, elle entama son histoire.

— Quand j'ai décidé de te mettre au monde, je me suis dit que nous vivions dans un univers bien meilleur. Jamais tu n'aurais eu besoin de connaître mon passé, afin que ta vie à toi soit facile, remplie de beauté et de rêves… Visiblement, j'avais tort…

Johanna se rassit près d'Isabelle et regarda sa fille dans les yeux.

— Jamais personne d'autre que Thalia n'a entendu ce que je m'apprête à te raconter…

Isabelle se redressa aussitôt sur son siège, prête à écouter attentivement la suite.

— Lorsque j'ai eu six ans, ma mère est morte. À ce moment, j'ai dû aider mon père, qui travaillait beaucoup pour nous faire vivre, ma sœur et moi.

Isabelle la questionna du regard, ignorant que sa mère avait eu une sœur.

— Oui, j'avais une sœur cadette, elle s'appelait Francesca et c'est à ce moment que j'ai eu la charge de la maison et celle d'élever ma sœur. Le soir venu, mon père devait confondre les rôles, car il a commencé à me traiter comme sa « petite » femme. Je subissais donc ses attouchements, ne sachant pas que c'était mal, vois-tu, tellement j'y étais habituée. Mais en vieillissant, je me suis rendue compte que quelque chose n'allait pas. J'allais parfois à l'école et personne ne vivait ce que je vivais. J'ai commencé à douter et à me questionner. Lorsqu'il s'en est aperçu, mon père m'a battue pour que je me taise et il m'a dit que si j'en parlais à qui que ce soit, jamais un autre que lui ne pourrait me toucher. Je n'ai pas tout à fait compris ce qu'il voulait dire par là à cette époque, mais, chose certaine, j'ai eu très peur. À 12 ans, je me suis rendue compte qu'il commençait aussi à toucher Francesca.

Johanna fit une légère pause et serra les dents.

— Il aimait les jeunes corps…

Le sang d'Isabelle se glaça dans ses veines. Comment une chose si belle, faite avec amour, peut-elle aussi devenir cruelle et brutale? Elle était bouleversée. Mais sa mère reprit son récit.

— Les trois années suivantes sont devenues infernales. Mon père m'empêchait de sortir, il buvait, me battait, me violait à sa guise. J'ai commencé à me rebeller, même si ça empirait les choses. Je le faisais pour moi et pour ma sœur. Je ne voulais plus qu'il la touche, je préférais prendre tout sur moi…

— Oh mon dieu, maman… Les yeux d'Isabelle se remplirent de larmes.

— Un jour, je l'ai menacé d'aller voir la police. Il a alors perdu les pédales et nous a menacées de nous tuer toutes les deux. À 14 ans, Francesca en avait assez de toute cette violence et elle se suicida, incapable d'en prendre davantage. De mon côté, j'avais à peine 17 ans et j'avais choisi un soir de partir de la maison avec presque rien. Mon père fut arrêté quelques années plus tard pour un délit de fuite et conduite en état d'ivresse causant la mort… Je ne lui ai jamais reparlé depuis la mort de ma sœur. Je sais qu'il a fini par payer en prison, mais jamais je ne pourrai lui pardonner ce qu'il nous a fait et jamais je me pardonnerai d'avoir abandonné ma sœur…

Johanna marqua une pause avant de reprendre le fil de son récit.

— Toutes ces années de souffrance m'ont rendue déterminée. Ensuite, j ai commencé à chercher d'autres femmes qui avaient subi les mêmes sévices que moi. C'est là que je me suis rendu compte qu'il y avait pire encore.

Il y avait ces femmes battues, humiliées, toute cette violence gratuite, ces tueurs en série, ces pédophiles dégueulasses. Eh oui, ma fille : depuis l'aube des temps, nous sommes les jouets de ces êtres horribles que sont les hommes. Sans compter ces guerres engendrées par la soif de pouvoir de ces barbares. Et tout ca pour quoi ? Assouvir leur orgueil de mâles. La liste est longue de ces hommes qui n'ont semé que violence et désolation autour d'eux. Ces hommes s'appellent Hitler, Mussolini, Staline, Pinochet. Même des personnages historiques comme Attila, César, le grand consul romain faisaient aussi partie de ce club sélect. Et jamais aucune femme n'est citée dans ces horreurs qui durent depuis des millénaires. Est-ce que tu comprends mieux maintenant ? C'est avec un goût profond de justice que j'ai un jour fait le serment de protéger toutes les femmes de ce monde, et ce, tant qu'il me resterait un souffle de vie. Le projet Y, que tu connais maintenant, a germé dans ma tête peu de temps après mon dix-septième anniversaire…

Isabelle souffrait pour sa mère et ses yeux étaient rouges d'avoir pleuré tout au long de ce bouleversant récit. La jeune fille venait soudainement de comprendre la profondeur des blessures de Johanna et constata que c'était une folie d'avoir cru qu'elle changerait sa vision des choses. Tant d'années à cultiver la haine, avec ses raisons. Isabelle ne savait que lui répondre. Son expérience à elle était bien différente, mais elle ne pouvait pour autant ignorer ce qu'elle venait d'entendre. Elle ne parvint qu'à murmurer :

— Je suis tellement désolée maman… Les larmes se remirent à couler de plus belle.

Johanna prit sa fille dans ses bras.

— Ce n'est pas ta faute, ma chérie. Mais c'est pour éviter que ce genre de situation ne se reproduise que je fais tout cela. Tu comprends mieux, maintenant, n'est-ce pas ?

Blottie dans les bras de sa mère, Isabelle fit oui de la tête.

— Il est temps que tu partes, demain sera une autre dure journée pour toi.

— Merci maman de m'avoir dit tout cela… je… je t'aime.

— Moi aussi ma puce, je t'aime…

Sans plus attendre, Johanna reprit son attitude impassible de leader et elle rappela les vigilantes.

— Gardiennes, ramenez ma fille dans les appartements sécurisés.

Johanna regarda sa fille partir avec l'espoir que, cette fois, Isabelle s'en tiendrait au plan qu'elle lui avait préparé.

••••

La salle du conseil était une immense pièce bien éclairée. Étaient rassemblées les personnalités les plus influentes de l'ADDH afin de traiter et de juger les affaires importantes de l'organisation. Cet endroit ressemblait davantage à un tribunal qu'à un conseil ; c'est du moins ce qu'Isabelle ressentit lorsqu'elle y fut emmenée. À quelques mètres d'elle, sur sa gauche, se tenait Tristan. Enchaîné, il semblait exténué. Johanna était assise dans les premières rangées du public et regardait la scène avec beaucoup de calme contrôlé. Pour garder une parfaite neutralité dans cette affaire, la procédure prévoyait le retrait de toute personne ayant un lien direct avec les accusés. La salle était remplie d'une dizaine de vigilantes avec, sur leur uniforme, le symbole aperçu par Isabelle la veille, cet œil tissé de fil noir sur fond pourpre. Elles assuraient la sécurité des lieux et étaient plus particulièrement affectées à surveiller le dangereux mâle. Le bruit d'un marteau heurtant le bois résonna dans le tribunal et fit sursauter Isabelle. La pièce devint subitement silencieuse. Devant Isabelle se dressa le conseil composé ce jour-là de dix femmes d'âge mûr. Leur attention était centrée sur Isabelle. On pouvait lire de la tristesse dans certains regards et de la déception dans d'autres. Isabelle devait assurer seule sa défense et présenter les faits. Elle savait également que c'était peine perdue pour Tristan, qui serait inévitablement considéré comme un criminel. Il n'obtint d'ailleurs aucun regard du conseil qui s'en désintéressait complètement. Rompant le silence qui régnait dans la salle, la conseillère qui présidait l'assemblée prit la parole.

— Nous sommes aujourd'hui réunies afin de débattre de la tentative d'évasion d'un homme et des deux femmes qui étaient avec lui. Comme chaque fois que nous avons recours à ce genre de procédure, nous poserons des questions à chacun des accusés présents, afin de pouvoir rendre un verdict équitable. Rachel ne pouvant être présente pour raison médicale, nous appelons maintenant Isabelle à la barre.

La jeune fille, légèrement intimidée par les procédures, réussit tout de même à se lever. Elle lança un regard à Tristan qui serra les mâchoires, mais elle put percevoir un peu de chaleur dans ses yeux. Elle vint prendre place sur un siège de bois en plein centre de la salle, face au conseil.

Une deuxième femme prit la parole.

— Isabelle, expliquez au conseil ce qui vous a poussée à venir dans la Zone Y.

La gorge sèche, la jeune fille déglutit avant de parler d'une voix qu'elle espérait posée.

– J'avais un travail académique à faire pour mon mémoire de maîtrise, afin de terminer mes études, et j'avais choisi la Zone Y comme thème principal. J'ai demandé les permissions nécessaires afin de venir ici et de pouvoir expérimenter une dimension plus « terrain » du sujet étudié.

Une femme s'approcha en avant et lui demanda :

– Vous n'êtes pas sans savoir qu'il est interdit aux personnes externes de rencontrer un homme, alors pourquoi avoir insisté pour en voir un ?

– Je trouvais important d'expérimenter par moi-même une rencontre ; si je ne l'avais pas fait, j'aurais eu l'impression que l'ensemble de mon travail aurait été incomplet.

La femme regarda Isabelle attentivement avant de poursuivre.

– Donc, vous dites que vous avez pris cette décision de votre plein gré ? Sans l'accord de vos deux complices ?

– C'est exact, je suis la seule responsable de ma trop grande curiosité.

Une femme assise sur le côté, qui était la plus proche du détenu, intervint.

– Avez-vous rencontré cet… homme… (le mot était plein de mépris) seule ?

– Rachel et Thalia n'étaient pas avec moi ce jour-là, mais il y avait plusieurs gardes présentes, répondit Isabelle. Une était postée à l'intérieur et deux à l'extérieur de la salle, prêtes à intervenir.

– Bien… qu'avez-vous fait, alors ?

– Nous avons discuté de ses conditions de vie dans la Zone Y.

Johanna lança un regard à un membre du conseil qui lui répondit par un signe de tête discret et qui s'interposa pour poser rapidement la question suivante.

— Vous vous êtes revus par la suite ?

— Oui, sur la plage, dans la soirée…

À ces mots, une clameur monta du public, un mélange d'étonnement et de mécontentement. L'assistance fut aussitôt réduite au silence par les coups de marteau répétitifs de la présidente du conseil.

— Vous savez très bien qu'il est strictement interdit de voir un homme sans autorisation. Ce délit est passible d'exécution. Toutefois, le conseil pourrait revoir ses positions si vous répondez adéquatement à ma question…

Isabelle fit un signe affirmatif.

— Vous a-t-il menacée ce soir-là afin que vous l'aidiez à s'évader ?

Isabelle prit une autre profonde inspiration. Tout se jouait ici : le plan de sa mère ou la vérité. Isabelle hésita et le visage de Johanna se crispa. Le regard de la jeune fille se dirigea lentement vers Tristan, elle secoua doucement la tête et la tristesse l'envahit. Elle rapporta son attention sur le conseil, dont une des membres lui reposa la même question plus fermement.

— Vous a-t-il, oui ou non, menacée afin que vous l'aidiez à s'évader ? Nous voulons la vérité !

Isabelle plongea.

— La vérité ? C'est moi qui ai tenté de le libérer parce que j'en étais tombée amoureuse. Ensuite, j'ai obligé Thalia et Rachel à m'accompagner sous la menace d'une arme, que j'avais volée à une gardienne. Elle est là, la vérité !

LA CONQUÊTE D'UN IDÉAL

Les exclamations de voix, le bruit et les cris que provoqua cette réplique furent terribles. Tristan prononçait le nom d'Isabelle sans répit, mais il fut rapidement maîtrisé par trois gardiennes. Johanna baissa la tête, accablée, répétant constamment « non, non, ce n'est pas possible, elle n'a pas fait ça… » Sa voix n'était plus qu'un murmure dans le brouhaha général. La présidente du conseil frappa énergiquement de son marteau et eut beaucoup de difficultés à rétablir l'ordre. Elle hurla à l'assistance :

– Ça suffit ! À l'ordre, sinon je suspends l'audience ! Je vous en prie… Calmez-vous !

Une fois le calme enfin revenu, les questions du conseil reprirent.

– Vous êtes consciente du témoignage que vous venez de faire et des implications qu'il entraîne ? Mentir au conseil est un délit passible de la peine de mort dans une affaire aussi grave que celle-ci.

– Je maintiens néanmoins cette version des faits

Un autre membre du conseil intervint.

– J'ai une dernière question pour vous, Isabelle. Pouvez-vous nous dire de quelle manière Thalia est décédée ?

– Je l'ai poussée sur une barrière de sécurité électrifiée. Ce fut rapide, elle n'a pas souffert.

– Ce fut au tour de Johanna de s'exclamer d'un ton rageur.

– Mensonge ! Elle la considérait comme sa seconde mère ! Isabelle, mais qu'est-ce que tu fais ?

– Je vous en prie, Johanna, restez calme.

Deux gardiennes vinrent la calmer et l'aider à se rasseoir. Sur la joue d'Isabelle perlait une larme, tandis que dans les yeux de Johanna, le froid et la dureté étaient revenus s'installer. Après une petite minute de délibérations parmi les membres du conseil, Isabelle fut remplacée par Tristan. Sans ménagement, les gardiennes le firent assoir où Isabelle se tenait quelques secondes plut tôt. La présidente du conseil s'adressa à lui d'une voix glaciale.

– Confirmez-vous la version qu'Isabelle vient de nous donner?

– Non, je proteste!

Le public qui n'était pas habitué à ce qu'un simple mâle soit aussi insolent, réagit de nouveau fortement. Tristan reçut une pluie d'insultes, vite calmées cependant par la présidente du conseil. Cette dernière demanda au public de quitter l'audience. Après quelques instants, le calme revint dans la salle. Il ne restait que Johanna, Isabelle, Tristan, les gardiennes et, bien sûr, le conseil lui-même.

– Bon. Maintenant que le calme est revenu, j'attends votre version des faits.

En regardant droit devant lui, Tristan commença.

– Voilà, nous sommes allés sur la plage dans la soirée et c'est à ce moment-là que j'en ai profité pour les kidnapper dans leur bungalow, car j'avais une arme…

Un autre membre du conseil voulut avoir plus de précisions.

– D'où venait-elle? D'une des gardiennes?

Tristan hésita une seconde avant de confirmer.

– Oui… c'est ça… et dans ma fuite, j'ai poussé Thalia sur la grille électrifiée et j'ai abandonné Rachel, qui était blessée. Je n'avais pas le temps de l'achever.

– Vous reconnaissez donc avoir commis un enlèvement, puis un meurtre sur la personne d'une des membres de l'ADDH, suivi d'une tentative de meurtre sur une citoyenne ?

— Oui, je plaide coupable.

Tristan fut ramené à sa place et le conseil délibéra très rapidement. La présidente s'avança debout et fit signe à trois gardiennes de s'emparer de l'homme. Elle s'adressa ensuite à lui solennellement.

— Pour avoir dérobé une arme à une gardienne, enlevé trois citoyennes, commis un meurtre sur l'une des membre de l'ADDH, procédé à une tentative de meurtre à l'encontre d'une des citoyennes enlevées, en plus d'avoir tenté de vous évader de la Zone Y avec des otages, nous vous condamnons à la peine de mort par intraveineuse.

Au coup de marteau, les gardiennes emmenèrent Tristan, qui leur offrit une légère résistance en tentant de balbutier quelques phrases à Isabelle, lesquelles restèrent malheureusement incompréhensibles. Les gardiennes le rouèrent de coups pour tenter de le maîtriser. La présidente reprit la parole.

— Rachel est blanchie ; considérée comme une victime, elle continuera d'être soignée ici et dans les meilleurs délais sera renvoyée chez elle aux frais de la maison-mère, en guise de dédommagement. Quant à vous… Elle regarda dans la direction d'Isabelle, qui se leva.

— Pour avoir menti au conseil dans le but de sauver un criminel, pour avoir vu un homme sans l'autorisation nécessaire, vous subirez le même sort que ce mâle. La peine de mort par intraveineuse.

Isabelle tomba assise sur sa chaise.

— Noooooooooonnnnnnn !!!

Le hurlement de Johanna résonna entre les murs de la salle. Debout, elle tremblait de tout son corps. Après Thalia, sa fille ? Elle ne les laisserait pas faire…

> — C'est impossible, vous ne pouvez pas la condamner, le mâle vient d'avouer la vérité. Je m'oppose à cette façon de procéder !

> — Calmez-vous Johanna ! La loi est claire. C'est vous-même qui l'avez créée ! Votre fille a menti et enfreint plusieurs règles de son plein gré, c'est la peine de mort.

Le marteau de la présidente du conseil résonna dans les oreilles d'Isabelle. Le verdict était final. Il lui restait moins de 24 heures à vivre. Johanna protesta de nouveau avec véhémence, mais sans résultat. On la fit transporter dans ses appartements par deux gardiennes et on lui injecta un puissant tranquillisant.

···●●··

Rachel s'impatientait dans sa chambre d'hôpital, espérant voir arriver Pénélope à tout moment. Elle avait hâte de connaître le verdict du conseil. Son regard se perdit en direction de la fenêtre. Elle se surprit à prier pour qu'on épargne sa meilleure amie. Elle demandait l'indulgence du conseil. Un bruit en direction de la porte lui fit détourner la tête. Pénélope fit irruption dans sa chambre, la mine morose.

> — Enfin ! Comment cela s'est-il passé ? Quel est le verdict ?

> — J'ai fait le plus vite que j'ai pu, Rachel…

Pénélope vint s'assoir près d'elle ; son regard était triste.

> — D'abord, tu es mise hors de cause. Isabelle a fait en sorte que tu sois innocentée de cette histoire. Le conseil a décidé de te rapatrier en Zone A aussitôt que ta santé le permettra, ce qui devrait se faire assez rapidement.

— D'accord, mais ce qui m'intéresse vraiment, c'est le sort d'Isabelle, répliqua Rachel.

Elle se redressa dans son lit et fixa Pénélope, qui baissa les yeux un instant avant de les replonger dans les siens.

— Isabelle… Elle… Tu veux savoir ce qu'elle a dit ?

Rachel trembla.

— Oh ! mon Dieu, ne me dit pas qu'elle n'a pas écouté sa mère ?

— Je suis désolée Rachel, elle s'est accusée elle-même par son témoignage et, malgré les dires de Tristan, qui a contredit son témoignage en s'accusant lui-même, le conseil a décidé de… enfin… de la condamner à mort…

— Non ! Rachel s'effondra, en larmes.

— Ils seront exécutés demain à la première heure par intraveineuse.

Relevant son visage inondé de larmes, Rachel fixait sa perfusion. Dans un sursaut de rage, elle l'arracha brutalement et essaya de quitter le lit. Pénélope se leva d'un bond pour essayer de l'immobiliser.

— Qu'est-ce que tu essaies de faire ? Rachel, calme-toi, je t'en prie.

— Laisse-moi partir ! Je veux parler à Johanna.

— Pénélope essaya d'apaiser les ardeurs de la jeune fille. Elle lui expliqua que le verdict du conseil était final et que même Johanna ne pourrait rien y changer. Elle essaya de la prendre dans ses bras, mais cette dernière la repoussa brutalement.

— Tu mens, lâche-moi !

— Je t'en prie, écoute…

Pénélope utilisa toute sa force pour maintenir Rachel dans son lit. Après quelques secondes, cette dernière finit par se calmer. Des hoquets de pleurs faisaient trembler tout son corps. Pénélope lui parla doucement en lui caressant le visage.

— Je suis tellement désolée, ma belle Rachel.

C'est avec une voix débordante d'émotion que la jeune fille lui répondit.

— Je t'en supplie, ne la laisse pas mourir !

Le regard douloureux de Pénélope fit comprendre à Rachel que, malgré sa douleur, il n'y avait aucun espoir. Elle lui expliqua que Johanna avait essayé d'intervenir, mais que sa fille avait décidé de son plein gré de s'inculper. À l'heure actuelle, Johanna était en état de choc et sous calmant dans ses appartements.

— C'est de ma faute.

— Non Rachel. C'est elle qui en a décidé ainsi.

Cette fois, Pénélope réussit à prendre son amie dans ses bras, ce qui fit redoubler ses pleurs. Elle la serra très fort au début, puis, quand les pleurs se calmèrent, elle la berça doucement.

— Pourquoi Isabelle ? Pourquoi ma petite sœur ? Pourquoi ?

— C'est dur Rachel, pour moi aussi…

— Qu'est-ce que je vais faire sans elle ? Elle était mon petit rayon de soleil…

— Tu vas devoir être très forte, lui murmura Pénélope.

— Ne me laisse pas seule, reste avec moi, je t'en supplie !

— Je suis là…

Elle serra de nouveau très fort Rachel contre sa poitrine, puis elle s'étendit doucement à côté d'elle pour la consoler.

· · ● · ·

Ce matin-là, la salle d'exécution était particulièrement pleine. Ne manquait à l'appel que Pénélope, qui était restée avec Rachel dans sa chambre de convalescente. On leur avait demandé si elles voulaient assister à l'exécution. Rachel avait refusé et insisté pour que Pénélope reste avec elle. La salle, malgré les nombreuses femmes présentes, continuait de dégager une froideur toute chirurgicale. Johanna, visiblement exténuée, était assises aux côtés de Lucy, qui parvenait à demeurer impassible. Les membres du conseil étaient également installés à l'arrière de la scène. Un mouvement se fit voir dans la salle. Quatre gardiennes pénétrèrent avec les deux condamnés à mort, Isabelle et Tristan. Le cortège était suivi d'une dame vêtue de blanc. Sous le regard vide de Johanna, on attacha avec douceur Isabelle et Tristan à l'aide de sangles sur deux lits séparés. La dame en blanc alla prendre position au centre de la pièce, où se trouvait le panneau de contrôle, afin de préparer la suite. Elle introduisit une perfusion dans le bras de chaque condamné. Les larmes de Johanna se mirent à couler sans répit. Sans un mot, Lucy lui prit la main, toujours aussi impassible. Les deux criminels restèrent silencieux, mais se fixèrent du regard. Isabelle tourna ensuite son visage vers sa mère. Elle ne vit pas ses larmes, mais lui fit un léger signe de tête. Isabelle demanda une faveur à la dame en blanc. Elle voulait prendre la parole devant celles qui étaient venues la voir mourir. Lucy fit un signe affirmatif à la dame et Isabelle, allongée et sanglée, s'adressa à la salle entière, parlant d'une voix forte et étonnamment calme.

> — J'espère que vous garderez de moi le souvenir d'une femme qui, comme ma mère, me suis battue pour mes idées. Je veux que vous vous souveniez aussi de ceci : certains hommes peuvent être cruels à vos yeux ; mais jamais, je dis bien jamais, vous ne pourrez renier l'amour

qui peut naître entre un homme et une femme. Malgré les différences qui subsistent entre nous, cet amour existera toujours.

Isabelle tourna son regard vers Tristan, qui lui murmura avec la plus grande douceur.

– Je t'aime, Isabelle…

Et c'est en larmes qu'elle lui répondit.

– Et moi je suis si désolée, mon amour…

La dame en blanc s'avança alors vers le panneau de contrôle et activa les bras robotisés servant à injecter les doses du produit mortel. Lucy regarda son amie, qui avait maintenant séché ses larmes et qui semblait imperturbable, le regard rivé sur sa fille. L'air était lourd et après quelques secondes, Lucy composa le code allumant le voyant lumineux, donnant ainsi le signal que la sentence pouvait être exécutée. La dame en blanc appuya sur un gros bouton et lentement le poison s'écoula dans les veines des deux jeunes amoureux. Isabelle et Tristan ne se lâchèrent pas du regard, leurs yeux remplis de larmes et de résignation. Lentement, leurs paupières se fermèrent à jamais.

Quelques minutes plus tard, la dame en blanc s'avança vers les corps et fit savoir à l'audience que les condamnés avaient bel et bien rendu l'âme. Johanna se leva et, froidement, exigea qu'on embarque le corps de l'homme et qu'on la laisse seule avec celui de sa fille. Personne n'osa la contredire et Lucy fit le nécessaire. Deux gardiennes emportèrent le corps de Tristan au four crématoire. La salle se vida rapidement et silencieusement. Il ne restait que Lucy, qui s'adressa à son amie.

– Ça va aller ?

– Oui, Lucy, merci… laisse-moi maintenant.

Cette dernière lança un dernier regard à Isabelle, puis à Johanna, et elle quitta la pièce. Les épaules de Johanna s'affaissèrent d'un coup lorsqu'elle pénétra dans la salle d'exécution. Elle s'avança vers la dépouille de sa fille unique. Son visage restait de marbre, comme si elle ne voulait plus que les émotions l'atteignent. Elle réalisait à peine ce qui venait de se produire sous ses yeux. Lorsqu'elle fut à proximité du corps inerte d'Isabelle, elle passa sa main dans les cheveux de sa fille, dans un élan maternel. Quelque chose en elle se brisa. Elle se coucha sur le corps et pleura toute sa souffrance d'avoir perdu son enfant. Sa fille, qui avait été tout pour elle et qu'elle aimait d'un amour si grand que le vide qu'elle laissait la brûlait. Elle leva les yeux au ciel et elle laissa entendre son désespoir et la violence de sa douleur dans un hurlement qui dura plusieurs secondes. Une fois calmée, ayant retrouvé son souffle, elle parla d'une voix tremblante.

> – Dieu, toi qui as sacrifié ton fils pour un monde meilleur,
> je viens de faire de même avec ma fille unique, qui était
> ma joie de vivre. Pourrais-je me pardonner un jour?

Ses jambes se dérobèrent sous elle. Elle s'effondra, secouée de sanglots silencieux au pied du lit d'Isabelle qui n'était plus.

·· • • ·

Ce fut le début d'une ère nouvelle, dans laquelle la Zone Y, jadis appelée l'Australie, serait débarrassée de tous les hommes qu'elle tenait prisonniers. Plus jamais ils ne seraient responsables de désastres, de violence et de haine. Les hommes ne seraient plus qu'un mauvais souvenir dans un monde enfin devenu (presque) parfait.

CET OUVRAGE, COMPOSÉ EN GARAMOND,
A ÉTÉ ACHEVÉ D'IMPRIMER SUR LES PRESSES
DE L'IMPRIMERIE TRANSCONTINENTAL MÉTROLITHO,
SHERBROOKE, CANADA
EN AVRIL DEUX MILLE DIX
POUR LE COMPTE
DE MARCEL BROQUET ÉDITEUR